中/华/少/年/信/仰/教/育/读/本

刑场上的婚礼

中华少年信仰教育读本编写委员会 / 编著

信仰创造英雄　信仰照亮人生

中国出版集团有限公司

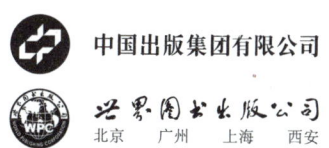

北京　广州　上海　西安

图书在版编目（CIP）数据

刑场上的婚礼/中华少年信仰教育读本编写委员会编著. — 北京：世界图书出版公司，2016.5（2024.5重印）
ISBN 978-7-5192-0856-1

Ⅰ. ①刑… Ⅱ. ①中… Ⅲ. ①革命故事—作品集—中国—当代 Ⅳ. ① I247.8

中国版本图书馆 CIP 数据核字 (2016) 第 049485 号

书　　名	刑场上的婚礼 XINGCHANG SHANG DE HUNLI
编　　著	中华少年信仰教育读本编写委员会
总 策 划	吴　迪
责任编辑	刘梦娜
特约编辑	金敬梅
出版发行	世界图书出版有限公司北京分公司
地　　址	北京市东城区朝内大街137号
邮　　编	100010
电　　话	010-64033507（总编室）　（售后）0431-80787855　13894825720
网　　址	http://www.wpcbj.com.cn
邮　　箱	wpcbjst@vip.163.com
销　　售	新华书店及各大平台
印　　刷	北京一鑫印务有限责任公司
开　　本	165 mm×230 mm　1/16
印　　张	11
字　　数	143千字
版　　次	2016年8月第1版
印　　次	2024年5月第5次印刷
国际书号	ISBN 978-7-5192-0856-1
定　　价	45.00元

版权所有　翻印必究

（如发现印装质量问题或侵权线索，请与所购图书销售部门联系或调换）

序　言

信仰是什么？

列夫·托尔斯泰说："信仰是人生的动力。"

诗人惠特曼说："没有信仰，则没有名副其实的品行和生命；没有信仰，则没有名副其实的国土。"

信仰主要是指人们对某种理论、学说、主义或宗教的极度尊崇和信服，并把它作为自己的精神寄托和行动的榜样或指南。信仰在心理上表现为对某种事物或目标的向往、仰慕和追求，在行为上表现为在这种精神力量的支配下去解释、改造自然界和人类社会。

信仰，是一个人在任何时候都不能丢的最宝贵的精神力量。人有信仰，才会有希望、有力量，才会树立正确的价值观，沿着正确的道路前行，而不至于在多元的价值观和纷繁复杂的世界中迷失方向。

信仰一旦形成，会对人类和社会产生长期的影响。青少年是社会的希望和未来的建设者，让他们从普适意识形成之初就接受良好的信仰教育，可以令信仰更具持久性和深刻性，可以使他们在未来立足于社会而不败，亦可以使我们的伟大祖国永远立于世界民族之林。

事实上，信仰教育绝不是抽象的、概念化的教育，现实生活中，我们有无数可以借鉴的素材，它们是具体的、形象的、有形的、活生生的，甚至是有血有肉的。我们中华民族有着几千年的辉煌历史，多少仁人志士只为追求真理、捍卫真理，赴汤蹈火，前仆后继；多少文人骚客只为争取心中的一方净土，只为渴求心灵的自由逍遥，甘于寂寞，成就美名；多少爱国志士只为一个"义"字，不惜抛头颅、洒热血。他们如滚滚长江中的朵朵浪花，翻滚激荡，生生不息，荡人心魄。如果我们能继承和发扬这些精神和信仰，用"道"约束自己的行为，用"德"指导人生的方向，那么我们的文明必将更加灿烂，我们的国运必将更加昌盛。

正基于此，"中华少年信仰教育读本系列丛书"应运而生。除上述内容外，本丛书还收录了中国人民百年来反对外来侵略和压迫，反抗腐朽统治，争取民族独立和解放，前赴后继，浴血奋斗的精神和业绩，尤其是中国共产党领导全国人民为建立新中国而英勇奋斗的崇高精神和光辉业绩；不仅有中国历史上涌现出的著名爱国者、民族英雄、革命先烈和杰出人物，还有新中国成立以后涌现出的许许多多的英雄模范人物。

阅读这套丛书，能帮助青少年树立自己人生的良好的偶像观，能帮助青少年从小立下伟大的志向，能帮助青少年培养最基本的向善心，能帮助青少年自觉调节自己的行为，能帮助青少年锁定努力的方向，能帮助青少年增加行动的信心和勇气。

习近平总书记说："人民有信仰，民族才有希望，国家才有力量。"因此我们有理由相信：少年有信仰，国家必有希望。

中华少年信仰教育读本编写委员会

目录

刑场上的婚礼 / 001

影片档案 / 001

荣誉成就 / 002

影片史料 / 002

剧情故事 / 004

影评选粹 / 014

精彩回放 / 015

中华女儿 / 017

影片档案 / 017

荣誉成就 / 018

影片史料 / 018

剧情故事 / 019

影评选粹 / 032

精彩回放 / 034

吉鸿昌 / 035

影片档案 / 035

荣誉成就 / 036

影片史料 / 036

剧情故事 / 037

影评选粹 / 051

精彩回放 / 052

烈火中永生 / 054

影片档案 / 054

影片史料 / 055

剧情故事 / 056

影评选粹 / 071

董存瑞 / 072

影片档案 / 072

荣誉成就 / 073

影片史料 / 073

剧情故事 / 074

影评选粹 / 084

精彩回放 / 086

党的女儿 / 087

 影片档案 / 087

 荣誉成就 / 088

 影片史料 / 088

 剧情故事 / 089

 影评选粹 / 101

 精彩回放 / 102

赵一曼 / 103

 影片档案 / 103

 荣誉成就 / 104

 影片史料 / 104

 剧情故事 / 105

 影评选粹 / 118

 精彩回放 / 119

张思德 / 120

 影片档案 / 120

 荣誉成就 / 121

 影片史料 / 121

 剧情故事 / 122

影评选粹 / 132

精彩回放 / 133

永不消逝的电波 / 134

影片档案 / 134

荣誉成就 / 135

影片史料 / 135

剧情故事 / 136

影评选粹 / 151

精彩回放 / 151

小　花 / 153

影片档案 / 153

荣誉成就 / 154

影片史料 / 154

剧情故事 / 155

影评选粹 / 166

精彩回放 / 167

刑场上的婚礼

头可断,
肢可折,
革命精神不可灭。
壮士头颅为党落,
好汉身驱为群裂!
——周文雍面对敌人威逼利诱时的坚定立场

影片档案

出品:长春电影制片厂
编剧:张义生 蔡元元 赵玉嵘
导演:广布道尔基 蔡元元
摄影:李怀禄 张晓秋
主演:宋晓英 李启民 佟瑞敏

荣誉成就

电影《刑场上的婚礼》剧本的创作一直受到周恩来和邓颖超的关怀，聂荣臻元帅先后4次在家中接见编剧张义生和导演蔡元元，指示："一定要把这个故事写出来，对教育青年人很有意义。让年轻人懂得什么是革命，什么是爱情。"这部电影是"四人帮"倒台后第一部在广州大街上进行实景拍摄的电影，后被中宣部列入百部爱国主义优秀影片，并在海外进行放映，广受好评。

影片史料

四一二反革命政变

1927年4月12日，蒋介石在上海发动了反革命政变。在北伐战争顺利开展、工农运动不断高涨的形势下，国民党党内以蒋介石为代表的右派集团加紧勾结帝国主义大资产阶级，准备背叛革命。而共产国际和陈独秀却犯了右倾错误，对蒋介石抱有幻想，致使中国共产党和人民处于无戒备状态。

4月12日凌晨，被蒋介石收买的青帮武装分子冒充工人，向分驻各处的工人纠察队发动袭击。随后，国民党第二十六军周凤岐部借口调解"工人内讧"，强制解除2000名工人纠察队的武装。13日上午，上海总工会在闸北青云路广场举行有10万工人参加的群众大会，会后整队游行。当队伍行至宝山路时，遭到国民党军队的屠杀，群众死百余人，伤无数。这次反革命政变是大革命从高潮走向失败的转折点。

广州起义

1927年，中国共产党在广州领导武装起义。1927年12月11

日凌晨,在张太雷、叶挺、周文雍、叶剑英、杨殷等人的领导下,国民革命军第四军指导团全部、警卫团一部和广州工人赤卫队

7个联队及市郊农民武装分别向广州各敌军据点发起进攻。经过几个小时的激战,起义部队占领了广州市区的大部分,并宣布成立广州苏维埃政府。

12日,因国民党军队大举反扑,张太雷等牺牲,起义失败。起义军余部1200余人被迫撤出广州,其中大部分撤往广东东江地区,少数人员分别转移到广西左右江地区和粤北韶关地区。

陈铁军

陈铁军,1904年出生于广东省佛山镇。1926年加入中国共产党。曾任中山大学中共支部委员、广东妇女解放协会执行委员会委员兼秘书长、中共广东区委妇女运动委员会委员、省港罢工劳动妇女学校教务主任等职务。1927年随同中共广州市委组织部长周文雍积极筹备广州起义,同年参加广州起义,失败后转移到香港。

1928年初,陈铁军奉命与周文雍返回广州重建广州市委地下机关。1928年2月2日因叛徒告密,被国民党反动派逮捕。2月6日和周文雍在刑场上结为夫妻,英勇就义。

周文雍

周文雍,中国无产阶级革命家。1905年生于广东开平。1925年加入中国共产党。参加省港大罢工和广州起义。曾任广州工人赤卫总队总指挥、广州苏维埃政府人民劳动委员、中共广东省委工人部长。

大革命失败后,周文雍和陈铁军在广州重新建立党的秘密联络机关,对外假称夫妻。1928年1月被国民党当局逮捕,不久他与陈铁军一起英勇就义。在刑场上,他们宣布结为夫妻。

剧情故事

一

审讯已接近尾声,法官正在作最后的宣判。法官照本宣科:上述各项罪状经查属实,现判处扰乱治安之共党要犯周文雍死刑。

被告席上,站着一个年近三十的青年,脚下拖着沉重的铁镣。在他那布满伤痕的消瘦苍白的脸上,一双深陷的布着血网的眼睛,闪着犀利而嘲讽的光芒。他愤怒地斥责这群道貌岸然的审判者们:"历史将宣判真正犯有死罪的是你们!"

法官恼羞成怒,命人把周文雍押下去。这时,一个律师走过来虚伪地问周文雍有无最后要求,周文雍严肃而清晰地说:"我要和陈铁军同志合照一张相片!"

女牢中,陈铁军望着外面,深深地挂念着周文雍的安危。一阵风吹来,她感到一丝寒意。她忽然想到什么,起身走到床铺边,取出一条米黄色的围巾和绣着一对木棉花图案的手绢,不由得思绪万千,往事一幕幕浮现在眼前。

1927年的一天,陈铁军来到地下工作者张海家里与军委派来的赵刚同志进行联络。赵刚高兴地介绍目前局势:陈独秀的投降主义路线已经受到批判,省委、军委决定要把全省革命的工人、农民、士兵联合起来,武装反抗国民党的白色恐怖。他还告诉陈铁军,这次需要她接受和这有密切关系的一项特殊任务。陈铁军欣然答道:"只要是和革命有关的工作,做什么我都高兴。"

赵刚欣喜地说:"组织决定派你和一名领导同志组成家庭,名义是夫妻,实际工作是做他的助手,担任秘书和交通工作。"陈铁军羞红了脸,推脱说:"不做假夫妻不行吗?"赵刚解释说:"现在市面上很不安定,私人出租房子一律是'非眷莫问',没有女眷的单身汉很难租到房子,即便是租到也容易引起警方怀疑。"陈铁军矛盾地在屋里踱步。最终,为了革命工作,她毅然接受了这项特殊任务。

一身贵妇打扮的陈铁军来到广州酒家,仔细地观察着四周。有个雅间的门楣上写着"红棉"两个苍劲有力的字。陈铁军走到门口向里张望了一下。只见一个戴礼帽、穿着笔挺的咖啡色西装的男人坐在餐桌前侧身看《野草》。餐桌上摆着酒瓶和几碟酒菜。陈铁军心里有些忐忑,她走近珠帘,迟疑了一下,撩开帘子跨进屋里,但不知如何开口,嘴巴张了张,最后咳了一声。那男人放下书,转过身来,笑容可掬地望着陈铁军——竟是周文雍。她的脑海里突然浮现出沙基惨案时的情景。

两年前的一天，沙基长街上人山人海，旗帜如林。陈铁军、杨文、李望等走在队伍中，他们手执写着标语口号的彩色三角旗，振臂高呼："收回沙面！收回租界地！"突然，沙基西桥头骤然响起清脆的来复枪声和达姆弹的爆裂声。停泊在白鹅潭和珠江上的帝国主义浅水舰向码头和堤岸长街上开炮，炮弹炸开，队伍陷入一片混乱，一些黄埔军校的学生依靠着骑楼的柱子向沙面桥上的敌人还击。

周文雍不顾个人安危，跳上一辆平板车镇定地指挥队伍迅速转入小巷。这时，一颗炮弹在附近爆炸，周文雍的头部受伤，涌出殷红的鲜血。陈铁军迅速将手绢包扎在周文雍的头上，鲜血立即浸红了绣在手绢上的那对木棉花图案。周文雍感激地望着陈铁军。之前吓得躲在骑楼下的黄娴茹见情况有所好转，这才跑了过来，扶起周文雍，并感谢陈铁军的帮忙救助。

这时，堂倌的一声招呼将陷入沉思中的陈铁军拉回现实当中。周文雍示意陈铁军坐下，他们俩在堂倌的殷勤推荐下点完了菜。这时，隔壁包厅突然传来怒骂声、摔盘子声和椅子翻倒的声音。堂倌告诉他们，那边是姓林的特派员和一个洋行经理的女儿结婚，找了个戏班子的旦角唱曲助兴，可那个女的唱着唱着掉下了眼泪，扫了众人的兴，所以被赶了出来。

隔壁包房里一片嘈杂声，周文雍警惕地走出包间，正巧看见穿着结婚礼服的黄娴茹，两人相继一怔。短暂难堪的沉默之后，周文雍说："恭喜你发财了！他们曾经出过1000元的赏金买我这个脑袋。"黄娴茹尴尬地说道："我还不至于出卖自己的灵魂。"这时，新郎林轩走了过来对黄娴茹说，大家都等着你唱英国名曲，边说边将黄娴茹拉进了包厅。

豪贤街9号的二层楼上，陈铁军和周文雍回到他们的"家里"，陈铁军将自己的妹妹陈荔儿介绍给周文雍认识。周文雍放下皮箱，环视着屋内。陈铁军说："楼下住的是个姓卢的，保安大队副队长。"

周文雍说道:"有这么个邻居不容易引起外面怀疑。不过在他身边活动得加倍当心。你们中大学生会的主席石磊怎么样了?"一听到石磊这个名字,陈铁军悲从心来,她沉痛地将石磊牺牲的经过向周文雍讲述了一遍:

"4月15日的清晨,反动派开始全城大搜捕,准备向革命者开刀。校门外已是岗哨层层,许多男女学生被反动军警推上警车,情况十分危急。石磊通知我去济慈医院,想办法帮助大姐离开广州。于是我来到大哥陈永霖的家想找大哥想想办法,无奈哥哥不允。他从公事包中取出一封信说让我到香港督查署去找信上写的这个人,他会帮助我办理去国外留学的一切事宜。

最终,我借助香港督查署的关系混进济慈医院,目送着载着大姐的小船渐渐消失在雨雾之中。当我回来的时候,反动派正在屠杀共产党员和革命青年。江边长堤上拥挤着悲愤的人群。珠江码头附近停泊着'江大'号军舰。石磊被粗麻绳紧紧地捆绑在军舰的铁锚上。链盘转动,铁锚沉向江面,铁链发出咯吱咯吱的响声。我眼中满含泪水,把手帕举到胸前默默和石磊告别。他已半身沉入江里,在他即将沉没的刹那,他用尽全力高呼:'革命者是杀不绝的,共产主义一定会胜利!'铁锚已经完全淹没,铁链继续下沉。雨过云稀,晚霞把滚滚的珠江水染得血红。"

周文雍听完之后,愤怒地说:"这笔血债一定要反动派加倍偿还。"说着,他打开带来的衣物,从夹层底中取出一支手枪。"这是周恩来同志托人捎给你的礼物",周文雍对陈铁军说道:"我们的具体任务是,把分散的秘密工人武装迅速扩大,组织成统一的工人赤卫队,尽可能地配备一些武器。"接着陈铁军取出钢板、铁笔和一卷蜡纸,铺到写字台上。周文雍低声而又清晰地读着"中国共产党广东省委员会告全省工农兵同胞书"。他们打算尽快将这些材料散发出去。

黑夜悄然离去，天边泛起鱼肚白。突然楼梯上传来脚步声，紧接着响起"砰砰砰"的叩门声。周文雍开门将卢队副让进屋里，卢队副边抽烟，边观察着屋内，像是不经意地询问道："你们新婚夫妇，怎么没挂一张结婚相片？"周文雍机智地回答说："搬家匆忙忘带了，准备将来补照一张。"卢队副又接着说道，"现在市面上不大安定，您出门要多留神啊！"说罢转身出门。

二

办公室里，自命不凡的国民党特派员林轩正在对着侦缉队长邵杰和保安队卢副队长训话："据可靠情报，周文雍已经潜回广州。工人中出现秘密武装，罢工也在酝酿。可是，你们至今连个有价值的线索都搞不到，政府当局非常不满！"

卢队副试探着说道："汪主席到粤之后，多次宣讲要实施民主，我们不宜大张旗鼓地抓人。"林轩恼怒地反驳道："汪精卫先生南下广州，正和张主席共商护党救国统一华南大计。为了赢得民心，自然不得不做些姿态。我们最危险的敌人并不是桂系，而是共党分子。张主席已下令遣散省港罢工工人。"说完，他从公文袋中取出一张周文雍的相片，交给手下人，要他们尽快逮捕周文雍。

这天，陈铁军换上了周文雍送给她的崭新的宝蓝色旗袍。桌上摆着酒菜，周文雍又从厨房端来一碗寿面。原来今天是陈铁军的生日。窗外传来小贩的吆喝声，周文雍接过交通员何勇扔过来的甜橄榄，随即展开包橄榄的纸条，看完之后对陈铁军说："张发奎要下手了，今天省港罢工工人宿舍被封，一些罢工工人被抓走了。我马上出去了解一下情况，立即向组织汇报。今天晚上在庆荣戏园召开工代会负责人的紧急会议。"

路口的榕树下摆着几张堆放着银元和钞票的八仙桌。裴彦林摘掉工会的牌子，带领着几个流氓工贼在发遣散金。周文雍坐在黄包车上看到公会被破坏的情景，心情十分沉重。由于叛徒的告密，会议地点暴露了，于是，临时将会议地点改在怡香茶楼。

怡香茶楼内，周文雍和张海等几个同志正在秘密商议。周文雍向大家传达上级精神：省委、军委已决定立即酝酿全市总同盟罢工。明天上午组织全市的失业工人去葵园汪精卫住处请愿。大家听了之后，一个个兴奋得摩拳擦掌。这时外面有特务身影出现，大家商量好工作计划之后迅速散开。

豪贤街家里，陈铁军心神不定地等待周文雍回来。她抓起几件要洗的衣服，无意中发现了那条沾有血迹的木棉花图案手绢，两眼闪出激动的光芒。她不禁陷入沉思，回忆起自己当初绣木棉花手绢的情景。

少女时代的陈铁军坐在自家院内绣花，她微笑着沉浸在对未来幸福的憧憬中，渐渐停住了刺绣。妹妹荔儿蹑手蹑脚走到她身后，一把抢走了她手上的绣花手绢，开玩笑地问姐姐是不是送给自己的心上人。当听到陈灿大叔说自己未来的公公病重，何家明天要接自己过门结婚冲喜的时候，陈铁军毅然决定离家出走，只身来到广州，从此踏上革命的征途。

卧室里静悄悄的。周文雍和陈铁军没有入睡，陈铁军对于周文雍明天去汪精卫的住宅请愿感到有些担忧。他们商量着如果同时被敌人逮捕，应该做一致的口供。周文雍对于假扮夫妻也感到难为情，对于陈铁军的问题有些犹豫，回答不上来。于是一阵短暂的沉默之后，陈铁军问道："你知道黄娴茹的消息吗？"

周文雍心情复杂地和她谈起他们二人由于信仰追求的不同而决裂的经过，并且深有感触地说道："没有共同的理想，怎么有真正的友谊和爱情？"

次日上午，葵园周围聚集了成千的罢工工人。张海与几位工人代表从楼房的大门走出来，张海说："工友们！汪精卫和张发奎把我们工人的正当要求说成是扰乱社会治安。"群众中一片骚动，纷纷高呼"打倒国民党反动派""打倒一切新军阀"的口号。大批荷枪实弹的军警和马队，向广场冲过来。周文雍为了掩护大家安全撤走，和敌人搏斗的时候被抓走。不过万幸的是，周文雍的身份还未暴露。大家商量着怎样将他救出来，好领导大家为即将举行的起义做好准备工作。

最终，大家商定由陈铁军来送饭（姜、椒煎炒的食物）。等周文雍吃了这些饭后会出现假高烧症状，再经过李望的疏通，将周文雍转至犯人留医处，最后大家再将周文雍救出来。

医院门口，卢队副和便衣大汉已将病人抬上汽车。陈铁军也一起跳上汽车急驶而去，大路上扬起一溜尘烟。原来卢队副是共产党的秘密党员，他潜伏在敌人内部为共产党做出了许多卓越的贡献。十字路口，大队军警迎面拦截陈铁军乘坐的汽车。杨富指挥着深绿色小车紧追不舍，拐进小街。街道拐角处，深绿色小车即将追上陈铁军等乘坐的汽车。卢队副为了掩护大家撤退，跳下汽车开枪阻击杨富的小车，将司机打死。最后，他被敌人团团围住，不幸中弹，英勇牺牲。

位于榨粉街17号的新联络站内，周文雍在陈铁军的精心照料下，终于恢复了健康。起义快要开始的时候，他与陈铁军畅谈着革命成功后的理想，筹划着美好的未来。周文雍捧着绣有木棉花的手绢说："铁军，我非常喜欢你绣的那两朵木棉花。"

陈铁军说道："因为它凝聚着我少女时代的忧伤和对未来美好的幻想。我的家乡，姑娘们出嫁前都爱准备些手绢呀、枕套呀、床单之类的东西做嫁妆。手巧的姑娘们常爱在上面绣上一对鸳鸯、凤凰，表达自己对幸福的向往。我们家乡的人都把木棉树叫英雄树，因为它的枝干挺拔，不管周围有多少杂树遮挡，它总是朝着有阳光的地方笔直地生长。它的花朵也最喜欢雨露阳光，盛开起来就像一团团炽烈的火焰,鲜红明亮。所以,我把自己美好的幻想化作这一对木棉花,一针一线绣在手绢上。"

天边出现了朝霞,绚丽的霞光透过窗户洒在这红布横幅上面,映红了俩人的脸庞。周文雍的额头沁出汗珠,铁军掏出手绢为他抹去汗水。俩人相视,眼里露出幸福的笑意。陈铁军轻轻地对他说道:"将来我要做一名人民的教师,以我全部的心血去教育无产阶级的后代。我要告诉他们幸福生活来之不易。我要教给他们许许多多的知识,和他们一起探求实现共产主义的理想。"周文雍说:"我要永远和我的工人兄弟在一起,用我们的双手为工农大众创造无数的财富,把我们自己的国家建设得繁荣昌盛,日益美好!"

陈铁军为这美好的憧憬所激动,不由自主地渐渐靠近周文雍,周文雍深情地望着陈铁军,陈铁军羞涩而幸福地想要说什么。

这时,楼下传来一阵有节奏的叩门声。来人是荔儿,她通知周文雍火速去开紧急会议。原来,由于走漏了风声,暴动可能要提前进行。周文雍对陈铁军说:"开完会我还要到各个联络点去检查一下。你要把红旗、识别带和还没发出的武器准备好,尽快发到各个联队。"

怀表在滴答滴答地走动,表针刚刚指到3点30分,周文雍立刻抬手一挥,响亮地喊道:"冲啊!"整个队伍霎时间像狂风骤雨般杀向公安总局,穿着各式各样衣着,拿着各式各样武器的人流奔向各个战斗目标。跑在前头的张海冲上警察局大楼,他庄严地升起了起义军大旗,大家顿时被高高飘扬的旗帜所鼓舞,更加勇敢地冲向敌人。

躲在暗处的敌人,开枪打中了张海。张海中枪倒地。陈铁军见状,迅速跑过去将他扶了起来。张海把系在脖子上的红领带取下,交给陈铁军,断断续续地说道:"我……不行了,请把它留给小燕……"说着闭上了眼睛。陈铁军强忍悲痛,继续投入战斗。

经过几个小时的浴血奋战,起义大军最终攻占了警察局,大门前呈现出一片胜利的沸腾景象。整个广州城沸腾了,到处是歌声、笑声。灿烂的阳光映照着各式各样的红旗、红布横幅、红标语、红袖章、红领带——一片红色的欢乐的海洋。陈铁军、周文雍和同志们兴奋地登上门楼向大家招手,欢呼着战斗的胜利。

江边,国民党反动派的士兵在炮火掩护下开始了反攻。停泊在江面上的军舰向江岸猛烈地开火射击。起义战士们在岸边沙袋的掩护下顽强地与敌人做殊死的斗争。这时,一辆装甲车开进市区,强大的火力一下子把起义战士们压制住了。何勇冲出掩体快速地爬上装甲车,将手榴弹塞进车里。一声巨响过后,装甲车瘫痪了,何勇微笑着倒在阵地前。最终,由于敌众我寡,起义最终被国民党反动派残酷地镇压下去了。

根据组织安排,周文雍要带领陈灿等起义人员去追赶大部队,陈铁军留下来继续进行地下工作。荔儿突然跑来报告说杨文是叛徒,并说杨文可能知道这个地址,让陈铁军尽快撤离。陈铁军送走荔儿后,决定自己留下来等待周文雍。她迅速跑向阳台,把那盆茉莉搬到地上,然后将烧毁的文件余烬收到脸盆里。

没多久,杨富和杨文带领着军警特务来到陈铁军的住处。他们按照叛徒杨文的指点摆放好花盆,准备等着周文雍回家之后,将他们一举抓获。周文雍抬头看了看阳台上的茉莉,毫不知情地继续向小楼走去。陈铁军猛地将茉莉推下栏杆。受惊的周文雍刚要转身,几个埋伏的特务从四面冲出将他抓获。

空荡荡的男牢里。周文雍正背着身子望着铁窗外,忽听铁门一响,门前站着黄娴茹。黄娴茹看着周文雍,说道:"只要你写个脱离革命的声明,就放你出去,愿意到哪里都可以!"

周文雍听后,低声而坚定地说:"我是很想出去,但我是想出去继续参加焚烧旧世界的斗争!"

黄娴茹担心地说:"他们会杀害你的!"

周文雍的神情从容自豪,平静地看着黄娴茹,缓缓开口:"头可断,肢可折,革命精神不可灭。志士头颅为党落,好汉身躯为群裂!"

三

春节花市上,十里长街摆着各种鲜花,挤满了众多前来赏花的人。人群中,陈荔儿突然发现了杨文和便衣特务。经过周密部署,陈荔儿和同志们巧妙地除掉了叛徒杨文。

陈铁军遍体伤痕地伏在女牢的地上,李望看到陈铁军坚毅的神情,禁不住热泪滚落,他说:"从你们身上,我明白了自己应该信仰的主义!"说完,将一个小纸包塞给她就离开了。陈铁军打开手绢包着的字条,耳边响起周文雍那热情、坚定的声音:"亲爱的铁军同志:组织上送来的营救计划已阅,我的意见是,付出的牺牲太大,应该保存狱外的火种,去井冈山投入那伟大的斗争,你如同意即转告组织。"她展开手绢,看到那对木棉花旁有一首用血写出的诗句:

碧血染烈骨,
铁窗炼忠魂。
红棉并蒂慰,
共产铸同心。

陈铁军望着血书汇成的诗歌,热泪不由得夺眶而出。她将补好的围巾围在脖子上,慢步走出女牢。过道上传来由远而近的铁镣声,忽然她眼里燃起一丝希望,激动得甚至忘记了呼吸。周文雍在狱警押送下,拖着沉重的铁镣,步履艰难地向她走来。周文雍走近她身边,深情地望着她:"铁军,我们明天就要分手了!"

陈铁军坚定地回望着他,说道:"不,我们不会分手!我是会同你共赴刑场的!"

周文雍竭力控制自己的感情,向铁军伸出微微颤抖的手。两双手紧紧握在一起。他们对视良久。周文雍："来，合个影，作个永别的纪念吧。"陈铁军含泪点头和周文雍一起缓缓转过身来，怀着对党对同志们的无限深情并肩凝视前方。

闪光灯过后，一张张印有周文雍和陈铁军合影照片的报纸，像雪片一样从印刷机中飞出。群众纷纷抢购报纸，大家争相传阅报纸，有的流露出同情；有的现出悲伤；有的充满愤怒……

陈铁军望着明媚的阳光，深深呼吸着清新的空气，含情地望着前来送别的群众。无数群众默默不语地目送着这对年轻的革命者。这时林轩走过来阴险地劝他们叛党投敌。周文雍激动地说："为了美好的共产主义，我们愿化作催开百花的一抔黄土。"行刑前，陈铁军充满温情地面向群众："在离开你们前的此刻，我们完全是为了革命工作的需要，以夫妻的名义住在一起的。现在，我要向大家宣布我们就要举行婚礼了。让这刑场作为我们新婚的礼堂，让反动派的枪声作为我们新婚的礼炮吧！"

陈铁军深情地把缀着一对木棉花的围巾围在周文雍的肩上，周文雍扶着她的双肩，两人转向敌人的枪口，紧紧依偎在一起。在场的群众被他们大义凛然的精神感动得泪流不止。

炽热的感情终于使他们紧紧地拥抱在一起。反动派罪恶的枪声响起，这对年轻的共产党人，怀着对敌人的无比仇恨，对党和人民的无限忠诚长眠于火红的木棉树下。

影评选粹

强烈象征·立体渲染

"感人心者，莫先乎情。"电影在创作上的最大特点就是通过人物丰富复杂的情感，去表现主人公崇高的理想境界。影片在展示周、陈二人的感情世界时，没有去描写爱情的缠绵和浪漫，而是将

美好的情感融于血与火的斗争和对理想与信念的追求中,最终以敌人的刑场和枪声来印证彼此坚贞不渝的爱情,从而使影片的内涵达到一种崇高的精神境界。

影片多次出现的木棉花具有强烈的象征意义。那火红的木棉花和挺拔的木棉树不仅代表了烈士们纯真的爱情、高尚的情操和崇高的革命气节,而且象征着烈士们的光辉形象和崇高理想。影片通过陈铁军和周文雍二人为了革命工作相识相知,直至走到生命尽头纯洁的爱情,表达了共产党人崇高的信念,必定会战胜国民党反动派的坚强信心。

精彩回放

在影片结尾,周文雍和陈铁军被敌人押上刑场。两位烈士态度从容，昂首挺胸，高唱《国际歌》。在广州红花岗刑场上，陈铁军向周围的群众宣布："我们要举行婚礼了，让这刑场作为我们新婚的礼堂！让反动派的枪声作为我们新婚的礼炮吧！"就这样，一对革命情侣，以这样的英勇气概慷慨就义了。

  导演充分应用电影特殊的表现手段营造氛围，立体地渲染主题。通过周文雍和陈铁军共赴刑场的合影，群众排着长队洒泪送别，陈铁军那铿锵有力的结婚宣言——"让这刑场作为我们新婚的礼堂！让反动派的枪声作为我们新婚的礼炮吧！"几幅画面的交错组合，最后在庄严的宣告声和枪声中出现了满树红花。这些生动的场景描写都淋漓尽致地发挥出影片的立体渲染作用，让观众的思想和情绪升华到一个新的境界。

中华女儿

　　《中华女儿》在京审查，颇得好评。文化部决定将此片作为庆祝苏联电影三十周年纪念节的礼物之一，送给苏联。此片将在莫斯科放映，将献给参加苏联电影节的各国代表……

　　——东北电影制片厂厂长吴印咸在影片送审后，写信给厂里通报情况

影片档案

　　出品：东北电影制片厂
　　编剧：颜一烟
　　导演：凌子风　翟　强
　　摄影：钱　江
　　作曲：葛　炎
　　主演：张　铮　岳　慎　柏　李
　　　　　于　洋

荣誉成就

1948年,颜一烟创作的电影文学剧本《中华女儿》,是她戏剧创作的代表作。

该片由东北电影制片厂拍摄,曾获1950年第5届卡罗维发利国际电影节"自由斗争奖",这是新中国第一部在国际上获奖的影片。在文化部1949—1955年优秀影片评奖中,被评为二等奖。

影片史料

1938年春,日本帝国主义在不断扩大侵华战争的同时,也加紧了对东北抗日联军的围攻。在松花江下游地区,日伪军集中了第四师团、第八师团、伪满靖安军和兴安军等共5万余人,向抗联第二路军各部发动了规模空前的"讨伐"。在"讨伐"中,敌伪采取了分割包围、"篦梳(细密地搜索)"进攻的战术。为了破坏抗联战

士的生存条件，把他们活活困死，敌人还在抗联营地的周围实行"集家并屯"的政策，逼迫群众迁徙，实行经济管制。

剧情故事

一

1931年9月18日，日本帝国主义进军东北，人民公敌蒋介石、汪精卫等高唱不抵抗主义，命令驻军撤进关内，致使东北全部沦陷，三千万东北同胞陷入水深火热之中。中国人民的领导者中国共产党和毛主席立即提出驱逐日寇收复失地的主张，发动了东北的优秀儿女组织抗日军队，与敌伪展开了顽强的斗争。

临近黄昏，空旷的打谷场静悄悄的。井边一位名叫胡秀芝的年轻妇女正在打水。她身上穿着满是补丁的衣服，头上盘着发髻，满脸愁容。她看见一个身穿警察服装的人向屯子走来，来人正是本地的伪警察长。伪警长身穿笔挺的警服，腰间别着一把盒子枪，大摇大摆地走进村子。

村子的街道上，顿时一个人也没有了。村民见到伪警长，都吓得躲到自己的屋子里。从前些天开始，有些地方实行"并屯"，好几个屯子的老百姓被集中关在一个大屯里居住，由日军和伪军看管着，不允许自由出入。

伪警长并没有理会任何村民，直奔村长屋子。村长连忙开门迎接，说："啊，您来啦，请屋里坐！"然后招呼老伴给伪警长倒茶递烟。村长和伪警长坐在炕上，伪警长开门见山地说："我是来通知你一声，皇军命令，让村民都往大屯里搬，皇军今天晚上要来烧房子啦！"

村长听了一惊，立即起身给伪警长点烟，为难地说："屯子里的人都携家带小的，搬起来也是有点麻烦呢！"

"这是皇军的命令！布告早就贴出来了，这可不是开玩笑的。

皇军的命令，你敢违抗？我告诉你们，要是不赶快搬，今儿晚上烧死可没人管。你赶快通知各户，我还要去别的村。"伪警长无动于衷地说着，说完站起来就走了。

伪警长离开屯子后，村民们立马围到村长的屋子前面。村长喊道："快搬家去吧！晚上皇军就要来烧房子啦！"

胡秀芝愁眉苦脸地走到村长跟前，说："村长，您说人病着可怎么搬呢？"

村长也很无奈，说："病着不病着，总比烧死了强吧！"

乡亲们都各自回到家中，套上牲口收拾行李，忙忙乱乱地开始搬家。

胡秀芝回到家中。她丈夫刘昌病得很厉害，躺在炕上一动不动。胡秀芝拿起包裹坐在刘昌身边，关切地问："你觉得怎么样？好点没有？"刘昌茫然地望着她，困难地呼吸着，病魔把他折磨得一句话也说不出来。胡秀芝看着奄奄一息的丈夫，不知如何是好，着急地哭着。

窗外，天渐渐地黑了下来。屯子的街道上，沉默的搬家人群成列地走着。山坡上，一位老大爷停下来回头留恋地张望着自己的村庄。

夜色完全暗了下来，一队鬼子兵骑着战马，举着火把冲进村里。房子一座一座地被鬼子点着，猛烈地烧着。那些没来得及搬家或者不能搬家的乡亲们，慌忙地从火里逃命。燃烧着的村子，哭声、喊声交织成一片。

两个鬼子兵举着火把冲进胡秀芝家。其中一个鬼子把伏在炕上哭泣的胡秀芝架走，另一个鬼子将窗户点着。瞬间，房屋变成了火笼，在炕上无法行动的刘昌活活被烧死。

村庄远处的森林中，王大队长带领着抗联队伍快速前进着。这时，整个村子燃烧起来了，熊熊的火光照亮了天空。抗联队伍看见远处的火光，停了下来。王队长愤怒地说："看！鬼子又并屯子了！"旁边一个战士怒骂一声："小鬼子真不是人！"

王大队长手一挥，说："同志们，我们去打一仗！"说完，带领着队伍朝着火光奔去。抗联队伍快接近村子时，王队长将队员分成几个战斗小组，并指示各战斗小组进村之后分路围剿敌人。

村子里枪声突起，抗联战士从四面围攻日寇，手榴弹把日寇炸得人仰马翻。抗联队伍的突然袭击把敌人打得晕头转向，日寇被全部歼灭。胡秀芝从墙角慢慢地站起来，震惊地发觉刚才杀人放火的鬼子被杀得一干二净。

抗联战士歼灭了日寇，与获救的乡亲们一起端着水盆，拎着桶，奋力地救火。还有的老乡从火堆中往外抢着半焦的东西。

火被扑灭之后，村民们都围在抗联队伍旁边。指导员冷云在向乡亲们讲话，她情绪激动地喊着："乡亲们，我们的屯子都叫鬼子给烧光了！这都是蒋介石不抵抗，出卖东北，才叫我们受的这个罪！大家要团结起来，参加抗日联军，把日本鬼子赶出中国去！"

"干吧！不干咱们就没有活路了！"乡亲们义愤填膺地喊道。

这时，胡秀芝奔到冷云跟前，眼里燃烧着复仇的火焰，激动地恳求："同志，你们把我给带走吧！"

冷云亲切地点点头说："好！"

二

早晨的太阳透过丛林，洒在抗联部队的驻地上。王队长带着抗联队伍和刚参加队伍的新兵一起来到驻地。几位女同志围着胡秀芝，七手八脚地给她换上军装。冷云走过来，关切地问胡秀芝："衣服合身吗？"

胡秀芝换上军装，高兴得不知道说什么好，摸着衣服激动地说："多好呀！多好呀！"

冷云端详地看了她一会儿,说:"从此你就是抗日战士了!"胡秀芝听后感到无比的光荣和骄傲。

这时,一名战士从远处跑了过来,把一顶新军帽交给冷云说:"这是给新战士发的帽子。"

胡秀芝戴上军帽后,不好意思地笑了起来。她摸着自己头后边梳着的发髻,说:"战士哪有梳这个的?我不要这个了。"说着转身给大家看。大家都笑了起来。女战士小金从背包里拿出剪刀,说:"我给你剪去这个封建疙瘩!"说着,几个人帮着给胡秀芝剪发。

剪完发髻后,胡秀芝高兴地给大家敬了个军礼,但是手心是向外翻着的,惹得大家一阵哄笑,都围了过来帮助她纠正姿势。班长安大姐笑着说:"不要紧,慢慢学。过一段时间,你就什么都会了。"

"我一定好好向同志们学习!"胡秀芝诚恳地说。

森林里,冷云和周小队长并肩走过一片矮树丛,边谈边向森林的僻静处走去。鸟儿在枝头欢快地叫着、跳着。冷云问道:"党交给你的任务,就是侦察那一带的敌情吗?"

"还要通过北满的地下组织把群众发动起来,进行对敌斗争。"两人停了下来,周小队长接着说:"最近咱们的队伍也要到那一带去活动。"

冷云神情紧张地说:"听说那边的敌人也实行了'并屯',军民联系被切断,工作比从前困难多了。"

"我和王德山同志一起去,你放心吧!"周小队长安慰道。

冷云转身拿出一双袜子递给周小队长,说:"你的袜子,我给你补好了,带在路上好穿。"

周小队长收好袜子,站起身来说:"我回去准备一下,你也早点休息,明天你们也要上路。"他们两人依依不舍地走回驻地。

驻地里,胡秀芝和班里的女战士们坐在一起聊天。胡秀芝问安大姐:"听说你是朝鲜人?"

旁边的小杨说:"咱们抗联里有不少朝鲜人呢!刚才给你剪头发的小金也是朝鲜人。"

"咱们朝鲜人和中国人要联合起来,共同抗击日本侵略者。"

为了执行"主动出击、打击日寇"的战略计划,抗联部队爬过高山,跨过湍急的河流,穿梭在森林之中。忽然,侦察员跑来向王大队长报告:"前面的尖兵连在山口与敌人遭遇了!"

"敌人有多少?是什么兵种?"

"100多人,都是步兵。大部队命令你们一、二小队占领山头,准备战斗。"

王大队长挥起右手对着战士们喊道:"同志们,跑步前进。"

抗联的男女战士们跟着王队长向前方的山坡跑去。由于抗联队伍抢先占据了制高点,很快击退了敌人的冲锋,最后把日伪军全部歼灭,缴获了许多武器弹药。抗联部队迅速地在草原上前进着,胜利让战士们心情愉快,都觉得只要能抗击侵略,再苦再累心里总是甜的。

深山密林里,抗联战士用树枝、树干搭建成窝棚,宿营地很快就建好了。金黄的落叶随风飘舞在战士们的身旁,转眼又到了金色的秋天。

王大队长从远处走来,问冷云:"同志们的干粮袋都光了吧?"

"早就空了!"

"好在大秋收快到了。"王大队长说。

"可眼下怎么办呢?"冷云想了想,提议说:"是不是发动大家到远一点的地方去采点蘑菇、野果吃?"

王大队长同意冷云的想法,点点头说:"只好这样啦。"

战士们在一片松林中采集了许多蘑菇和松果。大家看着一包包的蘑菇和松果高兴得不得了,由于战士们长期吃的都是野菜,这些东西不知道要高级多少倍呢!

就在大家分享野味时，林间的另一处，小王闷闷不乐地坐在一块大石头上，低着头摆弄着她的一只脚。安大姐走过来问她："小王，你怎么一个人坐在这儿？不去吃点蘑菇吗？"

小王指着自己的脚，痛苦地说："安大姐，你看我的脚都烂成这个样子了，怎么办啊？"连日的长途跋涉，没有时间休息，队伍里也没有医药，导致小王的脚溃烂发炎了。安大姐安慰地说："怎么烂成这个样子了？不要紧，我给你想个法子。"说着，就站了起来，向正在饭锅旁边烧火的杨淑贞招呼道："杨淑贞，拿点开水来！"

"好。"杨淑贞端着开水向安大姐走过去。她看到小王的脚，惊叫着："怎么烂成这样了！"说着，就从身上掏出一小袋食盐，倒入水中，和安大姐一起用布头蘸着盐水给小王洗脚上的伤处。小王疼得大叫起来，安大姐劝慰她说："忍着一点，不要怕疼，一会儿就好了。"

宿营地的行军锅灶旁边，胡秀芝关切地问冷云："指导员，周小队长走了一直没给咱们来信，你说他还能回来吗？"

冷云非常有信心地答道："能回来，他完成任务就回来了。"

"你们分开不难过吗？"

"不难过。他为了革命，我也是为了革命，在什么地方不都是为了抗日嘛！为了革命工作分开，没有什么值得难过的。"冷云平静地说。

胡秀芝一声不吭地思索着冷云的话，这是多么高尚而纯洁的革命情操！

没过多久蘑菇烧好了，抗联战士围坐在一起，有说有笑地吃起来。

突然，远处的山上传来枪声。战士们立刻放下碗筷，提着枪迅速地向本班集合的地方跑去。这时，杨秀贞从山坡上跑过来告诉大家，是山上的同志在打野猪，引得战士们哄堂大笑。大家重新坐下开始吃饭。山坡上,几个战士拖着一只野猪向宿营地走来。

三

冬季,屋外是漫天大雪。两位老乡拖着雪橇,从冰雪上向抗联部队的驻地走来,他们是给抗联部队送粮食的。这一带自从抗联部队来了之后,日伪军就不敢太放肆了,老百姓的日子比以前太平多了。老乡们为了感谢抗联部队,大家拼凑了一点粮食给部队送过来。

两位老乡到了山脚下,扛起一大袋粮食,吃力地向山上爬去。正在站岗的两名女战士看见了,赶忙跑过去接应,高兴地叫着:"老大爷,天这么冷,冻坏了吧?快放下歇歇吧。"说着,赶忙接住粮食袋,

将两位老乡迎进山岗。

宿营地里，炊事员高兴地做起饭来。饭做熟了，战士们一边吃，一边激动地说："好长时间没吃上这么香的高粱米饭了！老百姓对我们真好！"

冷云鼓励大家说："只要咱们打日本鬼子，老百姓就拥护我们！只要咱们多打胜仗，老百姓就会支持我们的！"

1937年7月7日，日寇进一步侵略华北，中国人民在中国共产党和毛主席的领导下，结成抗日民族统一战线，发动全国抗战。东北的抗日武装，为了配合全国抗战，更加活跃，积极向日伪进攻。不论如何艰苦困难，如何残酷牺牲，始终英勇不屈，予敌伪以严重打击。一张张东北日伪报纸，上面用大量篇幅写着东北抗日联军袭击日军部队的消息。

一个静悄悄的夜晚，埋伏在山下的抗联战士向楼山镇的土围子炮楼发起攻击，用手榴弹炸毁了炮楼，抗联队伍以排山倒海之势冲进楼山镇。敌人如同被割的麦子一般倒下。抗联战士趁着火光，迅速登上城楼，瞄准敌人不停地射击。屋里睡得正酣的敌人狼狈不堪，穿着衬衣短裤匆匆跑出门外逃命，手忙脚乱的敌兵满街乱跑，仓皇应战，最终都死在抗联战士的枪弹之下。

经过一场激战，敌人被全部消灭，楼山镇被抗日联军占领了。楼山镇的街道上热闹非凡，抗联战士们搬运着缴获的枪支弹药。镇里的群众闻讯赶来，提着灯笼协助战士们搬运战利品。街道上老乡们和抗联战士亲密地交谈着。

陈小队长远远地从街道那头走来，看见战士们吃着缴获的食物，高兴地问道："罐头好吃吧？"

"好吃得很，陈小队长，你也来点吧。"

陈小队长接过来吃了两口说："这个可比吃树皮蘑菇强多了。"

"可是，要不吃蘑菇跟树皮，也就吃不上这罐头和饼干了。要没有那时候的苦,就没有今儿个的甜。"另一个战士喜悦地说着。"只要咱们多打几个胜仗,咱们就有吃的。只要咱们不怕困难,革命一定能够胜利。"

王大队长对老乡们说:"敌人仓库里的粮食,本来就是老乡们的东西,现在就分给老乡们了,你们快去搬吧!"王大队长赶紧叫过冷云命令道:"敌人的增援部队已经出发了,我们马上集合,转移!"

楼山镇外,张勇、杨淑贞、胡秀芝等五位同志的破路小组正在挖坑破路,为大队能够尽快安全撤离,在公路附近构成障碍,阻击一下敌人。他们在路中间挖了一个大坑,并用高粱秆盖上,将坑洞伪装起来。当敌人的汽车开近时,他们急忙扛起工具躲在土坡后面。

汽车的轰鸣声越来越大了,突然"轰"的一声,走在队伍最前面的一辆汽车陷入坑里。抗联战士们相互看了一眼,心里非常高兴。公路上,敌人的军车都停了下来,车灯亮了起来,鬼子从车上跳了下来。鬼子军官叽里呱啦地怒吼着,派人进入山林搜寻抗联战士。

山林中,抗联部队的破路小组与鬼子遭遇了。胡秀芝等人边打边撤,张勇喊道:"同志们,赶快回山!大家记住集合的地点!分散跑!"后面的鬼子喊着追着,疯狂地向前射击。胡秀芝不幸中弹倒地,她趴在草丛中看到三个鬼子向她走了过来。胡秀芝拼命地向草丛茂密的地方爬去。她找到了一个长满蒿草的坑洞,直接滚到坑底一动不动地躲在草丛中。

天刚亮,打了胜仗的战士们满怀喜悦地在小河里嬉闹。有的同志在擦枪,有的在学习,有的在缝补衣服……王大队长对两个战士说:"你们两个再到昨天破路的那一带树林子里去找胡秀芝同志,明天天亮一定要回来,大队要转移。"冷云心里非常难受,补充地说:"就是真的牺牲了,也一定要把尸首找到。"

此刻,负伤的胡秀芝望着坑壁,想着一定要回到队伍中去。她艰难地攀爬着,一次次跌倒后又一次次爬起来。她坚信,不在困难面前低头,只要自己努力,一定会克服的。她努力地爬出坑洞,向部队的集合地走去。

晚上,冷云坐在火堆旁看文件,不时地去问哨兵:"胡秀芝同志有信儿没有?"哨兵满脸无奈地低声答道:"还没有。"冷云坐在火堆旁看着已经入睡的女同志们,忽然听外边的哨兵喊道:"站住!谁?干什么的?!"一个微弱的声音答道:"胡……胡秀芝。"说完,胡秀芝就昏过去了。她终于以顽强的毅力,战胜了困难,回到部队里来了!

早晨,太阳从地平线上升起,万道霞光射入树林中。抗联战士们围坐在树林中的一片空地上。战士们用热烈的掌声欢迎王大队长讲话。王大队长高声说道:"同志们!我们今天开个联欢会来庆祝我们打楼山镇的胜利!"战士们一个节目接着一个节目地表演起来。大家一起欢快地跳着,唱着……

急泻的瀑布,苍翠的松树,松树下如同明镜一般的湖水。中国共产党党旗高挂在树上,抗联的布尔什维克战士们庄严地在党旗前面唱起雄壮的《国际歌》,歌声响彻森林上空。胡秀芝站在党旗下举手宣誓:"绝对服从党的领导,坚决抗日到底,不妥协,不投降,保守党的秘密,永不叛党!"

四

抗联部队转移到新驻地不久,王大队长就接到上级派人送来的信。其中一封信说的是周小队长的事情,王大队长将关于周小队长的信和材料交给冷云,悲痛地说:"周小队长至死不屈,是党的好战士!"

安大姐听到这个突然的消息,悲痛得不知道说什么好,冷云悲愤地睁大眼睛,怒视前方。

王队长愤怒地说："我们决定打击一下敌人。据可靠情报，明天早上七点钟，有一趟敌人的军用列车要路过江桥到关内去，我们派一个爆炸组，去炸桥！"

冷云走上前去，恳请执行任务："王队长，这个任务交给我吧！"

"好！消灭敌人，给老周报仇！"王队长答应道。

第二天，冷云带着战士们来到江桥边，埋伏在树林中，由张勇化装成日本兵和另一名化装成车夫的战士一同拿下桥边的炮楼。拿下炮楼后，张勇将炸弹安放在桥架上。等到火车快要上桥时，张勇点燃导火索，跳入江中。"轰"的一声巨响，桥身被炸裂，连同火车一起坠入江中。

冷云看到任务已经完成，带领队伍迅速撤离。他们在翻过几座山峰之后，在一处僻静的小溪旁休息。哨兵突然来报："指导员，前方发现敌人！"冷云马上命令战士们上山。

山头上，冷云观察敌人武装部队的目标是抗日联军主力部队。冷云决定不能让主力部队受损，立即命令两名战士速回驻地报信。然后，冷云带领其余的人在此地尽最大努力牵制敌人。冷云对大家说："我们分散行动，只要敌人发起进攻，我们就撤退。咱们把敌人引到西边江堰上去！大家开始行动。"说完，率先向敌人开枪射击。

抗联战士们对着敌人就是一阵猛烈的射击。敌人被这突然的枪声打得晕头转向，他们还以为遇到了抗联主力部队了，马上调转目标冲向山头。当鬼子快冲到山头时，冷云带领战士们已经向西边树林跑去。鬼子利用山头的制高点疯狂地向树林里扫射。

树林里，冷云率领同志们奔跑着。突然有一名战士中弹负伤了。冷云沉着地说："同志们！这里不能待了，我们要冲出树林。"她领着大家跑到一个地方，指着说："带上受伤的同志，从这边冲出去！"

张勇看看周围的情况，紧张地向冷云说："指导员，敌人进林

子了!你领着女同志先撤,我们在这儿掩护你们!"

"不!指导员,我们还是一块走吧。"胡秀芝不同意张勇的做法。

张勇争着说:"你们先走吧!"

冷云思考了一阵,决定道:"好!我们先走。你们要注意自己的安全。"说完,领着七个女同志向前跑去。

冷云等八位女同志跑出树林,从大崖顶上翻了下来,停在大山石旁。冷云命令道:"你们赶快往江边跑!"

"你呢?"安大姐疑惑地问。

"我来掩护你们!"

安大姐知道留下来就等于送死,她想说让她留下来狙击敌人,但是看到冷云坚定的眼神,又把话咽到肚子了,关心地嘱咐道:"要留神!小心点!"说完,带着其余六名女同志向江堰跑去。

鬼子沿着冷云她们的去路紧紧地追来。冷云立刻趴在草地上,扔出一枚手榴弹,炸死了好几个鬼子兵。接着,她翻身滚下山坡。安大姐领着大家藏在两块石头后边,等着冷云过来。山腰上,一个骑马的鬼子军官用远望镜观察着江边的情况。他看到江边丘陵地带只有几个女兵在抵抗,狞笑一声,下令向江边前进,将其全部消灭。

冷云和安大姐她们会合之后,前面是杀气腾腾的敌人,后面是波涛滚滚的江水,情况十分危急,冷云思索了片刻,命令道:"小于、小王你们去江边找船。"然而,她们没有找到船,只好在江边坚持战斗。冷云等人在江边掀起树干作为掩体,同日军进行战斗,杀死了不少敌人,使得鬼子一时不敢上前。鬼子也躲在掩体后面向她们的阵地不断射击。忽然,冷云中弹倒下。胡秀芝急忙扶住她,喊:"指导员!指导员!"她所敬爱的指导员就这样牺牲了。没过多久,抗联战士们手中的弹药打完了。

胡秀芝挺身站了起来,她说:"同志们,我们的任务终于完成了,子弹也没有了。前面是江水,后面是敌人,我们再没有路可退了!我们为革命牺牲的时刻到了!"

"我是一名共产党员,为党为人民牺牲的时刻到了!我决不做俘虏!"杨淑贞站起来说。

安大姐举起步枪,对大家说道:"同志们,把枪都砸了!"

鬼子发现抗联战士已经没有弹药了,渐渐逼过来。抗联女战士作出了最后的选择,她们抬起牺牲了的指导员冷云,振臂高呼:"共产党万岁!""打倒日本帝国主义!"迎着滚滚江流,她们神情庄重,昂首挺胸,目视前方,手拉着手,迈入冰凉的江水中,一步一步向河的深处走去。

敌人更加疯狂了,子弹从女战士们身后追来,从头上、从身边呼啸而过,并架起了迫击炮向河面上轰击。她们一会儿躺倒在水中,一会儿挣扎起来,急流冲得她们立身不稳。突然,敌人的一排炮弹落在了她们的身旁,在巨大的爆炸声中,河面上掀起了几支高高的水柱。巨浪过后,再也见不到女英雄们的身影,余下的是一片激流**滚滚、浪花奔腾**。

中华人民共和国成立后,当年的陈小队长等人后来都成为高级干部。他们在参观革命烈士博物馆时,在《八女投江》这幅画前停下脚步,久久凝视,沉浸在当年艰苦日子的回忆中。

影评选粹

朴素而明了

影片所用的题材是"八女投江"的故事,但是编剧并没有使用"八女投江"作为片名,而用"中华女儿"作为片名。这一改非常好。"八女投江"的事迹,有力地说明了中华民族不屈不挠的抗日精神。这个题材本身具有很高的典型性,同时我们不可忘记,在中国抗日历史上类似这样的事件还有很多。所以,"中华女儿"这个名字直

接概括了所有为抗日战争奋斗的女同志们。影片中使用具体事例清晰地让观众了解中华儿女的抗日战斗历程。这样的做法使影片不单单是一部烈女传记，而是一部伟大的革命斗争历史电影。

　　苏联著名导演希·格拉西莫夫在1950年8月2日《真理报》上发表《评"中华女儿"》的文章，他对影片的风格做了很高的评价，他说："《中华女儿》这部影片摄制得朴素而明了，具有深刻的信念，毫无虚假掩饰。在影片里用毫无人为的纯朴和真实显示了中国游击队的生活、劳动和日常战斗。"

精彩回放

影片结尾八女投江的场面,拍得非常悲壮感人。

当女指导员冷云在战斗中英勇牺牲后,以胡秀芝为首的七名女战友,为了不让敌人得到冷云的尸体,她们抬着牺牲了的指导员,边打边退。她们把所有子弹打光之后,为了不让敌人得到她们的武器,便将其砸碎。她们在枪林弹雨中一步步后退到江边,高高举起女指导员冷云的尸体,走入汹涌奔腾的波涛之中……

八位女英雄,为了中华民族,为了祖国,壮烈捐躯。她们从容镇定、英勇献身的精神,使人永远铭记不忘。她们的英雄群像,犹如一组浮雕,永远矗立在人们的心中。

吉鸿昌

恨不抗日死，留作今日羞。国破尚如此，我何惜此头。

——吉鸿昌临行前赋诗明志

影片档案

出品：长春电影制片厂
编剧：陈立德
导演：李光惠　齐兴家
摄影：李光惠　王吉顺
主演：达　奇　白德彰　张冲霄

荣誉成就

影片荣获文化部 1979 年优秀影片奖,1980 年《大众电影》第三届百花奖最佳故事片奖、最佳编剧奖。作为一部成功的艺术作品,它是新时期文艺百花园中昂首怒放的一朵鲜花。

影片史料

九一八事变

九一八事变,是日本帝国主义为侵略中国东北制造的事件。1931 年 9 月 18 日,日本关东军自行炸毁沈阳北郊柳条湖附近的一段路轨,反诬中国军队所为,以此为借口,进攻东北军驻地北大营和炮轰沈阳城,于次日占领沈阳。到 1932 年 2 月,整个东北沦陷于日本之手。这一事变是日本帝国主义精心策划和长期准备,为实现其独占东北进而灭亡中国的图谋所采取的一个决定性步骤。

一·二八事变

一·二八事变，亦称"一·二八抗战"。1932年1月28日至3月3日中国军队抗击侵华日军进犯上海的战役。1932年1月28日午夜，蓄谋侵占上海的日本帝国主义以保护侨民为借口，出动海军陆战队由虹口租界向闸北中国守军发动突然进攻。在全国人民抗日热潮推动下，驻上海的第十九路军总指挥蒋光鼐、军长蔡廷锴率部奋起反抗。在英、法、美等国的"调停"下，5月5日，国民政府与日本签订了丧权辱国的《淞沪停战协议》。

吉鸿昌

吉鸿昌（1895—1934年），抗日爱国将领。原名恒力，字世五，河南扶沟人。早年参加西北军。1929年起任宁夏省政府主席、国民党第十军军长、第二十二路军总指挥兼第三十军军长。1931年因拒绝进行"剿共"战争，被蒋介石强令出国。1932年一·二八事变后回国。1934年加入中国共产党，在天津继续进行抗日活动，同年11月被国民党特务刺伤被捕，后在北平陆军监狱英勇就义。

剧情故事

一

1931年秋的一天，在西北军第二十一军的驻地上，响起一阵号角声,紧接着,战马的嘶鸣声和一阵急促的步伐声由远及近地传来。霎时间,一支庞大而整齐的队伍出现在宽阔的草坪上。在由骑兵和步兵排列成的威严的"门"字形队伍前,十多个逃兵排成一排,等待着即将到来的枪决。他们都光头赤足,无精打采地垂着头,静寂的会场笼罩在沉重压抑的气氛之中。

师长霍金龙正在巡视队伍。忽然,传来一声紧张而急促的叫声:"军长到!"一个骑着大白马、相貌威严、眼里充满凛然正气的军人来到队伍前。他就是军长吉鸿昌。霍金龙迅速跑上去向吉鸿昌报告:"这几个混蛋是昨天从前线跑回来的逃兵。"之后将几张传单递给吉鸿昌。

吉鸿昌看了后十分恼怒,果断地命令:"执行!"

接着,士兵挨个儿地向临刑的人敬完酒后,霍金龙发出行刑口令:"举枪!"执法兵立即推弹上膛,举枪瞄准。突然一个临刑的青年士兵转过身来狂喊:"不!军长,我们死得不明白!我们不是逃兵,是弟兄们推我们回来,找你问一桩事。"

"问什么?"吉鸿昌急促地问。

"为什么要打共产党?"

"就为救国救民!"吉鸿昌不假思索地回答。

"可老百姓为什么反而喜欢共产党?"

"谁说的?"吉鸿昌厉声问。

青年士兵理直气壮地说:"你自己也看到了:为什么当年跟军阀打一仗胜一仗,可如今跟共产党就打一仗败一仗呢?"

吉鸿昌听了这位士兵的话,内心受到很大震动,一时竟无言以对。霍金龙看到了军长的窘迫,便举起指挥刀准备执行。突然,吉鸿昌坚定清晰地命令道:"放开他们!"

这是一座旧式府第的客厅,设施简单。吉鸿昌的军部就设在这里。吉鸿昌从广场回来后,复杂而激动的心情久久不能平静。他在厅内急促地踱来踱去，思索着青年士兵的话。他出神地看着桌上放着的几张油印得很简陋的传单。警卫员老周刚把饭端进去，他就火了，厉声吼道："你给我出去！吃了大半辈子糊涂饭还吃不够啊！"

这时，秘书聂庆鸣拿着一份南京发来的追问剿共情况的急电向吉鸿昌报告。吉鸿昌恼怒地喊道："不！我决不干这样的事！你就告诉他们，说我还没想好！"

聂庆鸣窘迫得无话可说。屋里显得异常的静寂，空气开始沉闷起来。这时，霍金龙从外面走进来，打破了厅内的沉闷气氛。吉鸿昌见了霍金龙，把他拉到自己面前坐下，劈头就问："金龙，你说，到底谁是土匪？"

霍金龙惶惑地答道："当然是共产党，所以总司令才调我们来围剿他们。"

"为什么当然是共产党？"吉鸿昌说着站了起来。

霍金龙不解地说："我只知道军人应该服从命令。"

"命令？"吉鸿昌顿了顿，"要是一个人不问是非邪正，谁给骨头就听谁的话，那跟狗又有什么分别？"

霍金龙略有领悟地思索起来。最后,吉鸿昌决定偷偷到共产党的苏区去看看。

这天正是桃花艳阳天,阳光明媚。美丽的大别山青山绿水,遍地的禾苗又鲜又嫩,生机勃勃。宽敞的马路上,人来人往,热闹非凡。打扮成淳朴庄稼人的吉鸿昌和警卫员老周在人群中行走着。吉鸿昌看着街上的一幕幕,不禁沉思起来。

在红军政治部一间简陋的农舍里,吉鸿昌把路条交给了红军女队长孙梅。孙梅看了看路条,问:"你们有病求医,不到信阳去,为什么偏偏到这小村子里来?"他们正被问得语塞时,正好政委周光远从外面进来,孙梅把路条交给政委并向他汇报了情况。周政委沉默了一阵后,望着吉鸿昌,忽然用正经而亲切的声音低声说:"我说老兄,你装的可有点不太像啊!"

"什么?"吉鸿昌激动得几乎要跳起来:"你说什么?"

周政委平静地微笑着,仍然善意地低声道:"这是咱们背地里说。骗外行当然够了,可要知道,我搞这行就搞了两年哩!"

吉鸿昌几乎忘了自己的身份和处境,性急地问:"你怎么看得出来?"

"还用问吗?"周政委含笑道:"你一坐就告诉我:标准的西北军军人姿态!"

吉鸿昌这才恍然大悟,见身份已被看穿也没再说什么。当他得知眼前的这位政委就是周光远时,显得异常兴奋,激动地说:"没想到,打败我的人,是像你这样文质彬彬的呀!"

随后,周政委向吉鸿昌宣传了共产党的政策,并且还透彻地为吉鸿昌解释了一些令他困惑的问题。最终,在周政委的感召下,吉鸿昌做了一个决定,并发誓说:"从今天起,吉鸿昌决不向红军开一枪!"

吉鸿昌回到军部后不久,国民党嫡系军队的贺部长便来了,并且还带来了各色绸缎、古玩玉器、洋钱和土特产，说是奉了蒋总司令之命到河南来向在剿共前线浴血奋战的全体战士表示慰问的。吉鸿昌从礼品盒里抓起一把金条气愤地说："中央有钱打内战搞这个，为什么不像共产党那样给老百姓做点好事？！"说罢把金条猛摔在地。

对于蒋介石下达的进攻共产党部队的命令，吉鸿昌坚决不从。最终，贺部长看出吉鸿昌已彻底背叛国民党，便把上校、宪兵等叫进屋来，用违抗中央要受军法审判、同情共产党就地正法的命令对吉鸿昌进行威胁。吉鸿昌冷笑了一声，泰然地坐下说："你以为这么几条枪就能把我吓唬住吗？让我下命令打内战，办不到！"

贺部长听了之后，气急败坏地吼着让一个宪兵缴下吉鸿昌的枪。突然一声枪响，贺部长的军帽被打落在地上。老周飞也似的冲上前来，一把揪住贺部长的衣领怒吼道："告诉你，这儿不是南京，你给我老实点！"

贺部长已吓得龟缩成一团，讨好地望着吉鸿昌："吉军长，千万别动武，一切都好商量……"

最后，在聂庆鸣的调解下，老周放开了贺部长。聂庆鸣从地上拾起军帽，毕恭毕敬地递给贺部长。贺部长转身刚要走，吉鸿昌叫住他："等等，我决定了！"

"什么？你决定了？"贺部长惊喜地问。

吉鸿昌从身上拔出小手枪放到桌上，然后坚定地说："我决定辞职！"

1931年9月，吉鸿昌怀着渴求真理的愿望，准备从上海出国考察。这时，"九一八"事变爆发了，日本人占领了沈阳。面对日益严重的民族危机，吉鸿昌犹豫了。偏在这时，聂庆鸣又送来了蒋介石的急电。吉鸿昌看了这封催他出国的电报，愤怒不已，只得愤恨地说："走！"

二

　　1932年，吉鸿昌在环球考察的途中，听到了日本帝国主义在上海发动"一·二八"事变的消息。他满腔悲愤，毅然中断了环球考察，赶回祖国。这时，贺部长在码头安排了很多记者，他想抢在共产党前面，让吉鸿昌一锤定音，安心归顺国民党。当吉鸿昌刚走上码头时，一群记者便拥了过来。有个记者问道："吉将军，请您谈一谈回国的观感！"

　　"有！"吉鸿昌严正地看着他们，拿出一张写着五言诗的纸来："这就是我要说的！"

　　"什么！"贺部长惊恐地瞪着大眼，又看着那张纸颤抖地念："渴饮美玲血，饥餐介石头。归来报命日，恢复我神州。"他咬牙切齿

地说道:"这简直……太可怕了!"

随即,贺部长便命令他的手下严密监视吉鸿昌。

夜晚,吉鸿昌在灯下,认真阅读着一封出国前孙队长在上海交给他的信。此时,他正焦急地等待着共产党的通知,看到老周推门进来,便问道:"还没有人来?"

"别等了,军长。这一年多没有讯息,谁知他们还记不记得!"老周说完,摇了摇头。

正在这时,外面的门铃响了。吉鸿昌急忙走到院子里,见是孙梅,十分兴奋地说:"嘿!我早就等着啦!"说着便热情地把孙梅让进屋里。

在屋内,孙梅含笑着问吉鸿昌:"吉鸿昌,这次你看到中国的希望了吗?"

吉鸿昌深有感触地说:"我看到了中国的希望就是你们。快告诉我,党在哪里?我不能再等了!"

孙梅充满感情地说:"党一直在你的身边。吉将军,周政委特地赶到上海,就是为了迎接你的胜利归来!"

"我什么时候能见到他?"吉鸿昌急忙问。

孙梅低声告诉他说:"周政委为了迎接你已经到了上海。"

辽阔的大海,海水冲击着岩石。在海边,吉鸿昌终于见到了日夜思念的周政委。他向周光远倾诉了自己要求参加党组织的迫切心情。周光远听完吉鸿昌讲完后,庄严地向他宣布已经决定接收他为中国共产党党员,同时把准备在天津组织抗日同盟军的任务交给了他。吉鸿昌眼中闪现着兴奋的光芒,紧紧握着周光远的手,激动得不知说什么好。

汽笛长鸣,一列火车沿津浦线向北急驶。吉鸿昌来到天津后,在自己的住所——红楼客厅里,召集了各路师长一起商讨组建抗日军队的事情。东北师长郑桂林把自己剩下的部队交给了吉鸿昌领导,在座的各路师长也都纷纷表示听从吉鸿昌的指挥。大家的抗日情绪十分高涨。此时，霍金龙领导的部队已经在长城一线集结待命。

多日的劳累和激愤心情，导致吉鸿昌生病卧床。共产党派来了刚从医科大学毕业的陈玉玲来照顾他，当陈玉玲说相信吉鸿昌打日本鬼子一定不会退缩时，吉鸿昌感动至极，他猛然从床上跳了下来，说道："谢谢你，好姑娘！你完全治好了的病！往后你记住，我有了病就照这么看！"

不久，霍金龙从部队赶了回来，向吉鸿昌禀报了部队情况后，吉鸿昌觉得现在一切都妥当了，便决定明天在长城上狠狠揍日本人。最后，在吉鸿昌的请求下，周政委派孙梅做他的党小组长。

雄伟庄严的长城沿着险峻的山势蜿蜒起伏。十几匹马驰骋在崇山峻岭间，最前面是吉鸿昌，霍金龙、孙梅、陈玉玲等跟在他后面，他们纵马跃上长城，遥望着壮丽的塞外风光。

长城上下，士兵漫山遍野，旗帜迎风招展。吉鸿昌见集合完毕的队伍正期待地望着他，便大声命令道："弟兄们！察绥抗日同盟军已经正式成立。为了救国救民，抗击日寇，我带领你们打冲锋！"

随着吉鸿昌的一声令下，千军万马飞也似的从长城上奔驰下来。城堡下硝烟弥漫，骑兵队伍风驰电掣般冲入敌军，杀得日伪军狼狈逃窜。随着胜利的进军号声，抗日同盟军连克察东四城，获得首战大捷。

在多伦城外一座大庙内，各路师长围在地图前研究战情。林万鹏穿着雨衣从前线回来报告说，多伦城防坚固，又有飞机助战，实在攻不上去。吉鸿昌、郑桂林等相视无语。吉鸿昌心情急躁地走到香炉台前，郑桂林也跟着走来，把火柴燃着举起给吉鸿昌看，并启示道："军长，自古以来，兵不厌诈呀！"吉鸿昌会意地拿起一炷香，向火凑了一下，兴奋地回转身来。

随即，吉鸿昌命令各师撤出战斗，同时又命令霍金龙在明天晚饭后准备 40 担干柴。霍金龙接受命令后，不解地对老周说："军长怎么了，准备干柴干什么？"老周打趣说："大概军长要吃烤羊肉吧！"

由于郑桂林的启示，吉鸿昌部署了一个里应外合的战斗方案。经过五个昼夜的血战，抗日同盟军终于攻克了塞外重镇多伦。同盟军的队伍在吉鸿昌的率领下通过挤满欢迎群众的街道，浩浩荡荡地开进了多伦城。

万里晴空下，草原上响着悦耳辽阔的箫音、马头琴音和富有塞外特色的歌声，同盟军的士兵们正在和牧民们一起跳舞唱歌，欢庆胜利。吉鸿昌也和群众一起享受这胜利后的欢乐。这时，聂庆鸣送来了急电，并报告说："中央大军包围了张家口，五路军指挥被暗杀……"吉鸿昌愤怒地看完电报。这种紧急情况下，为了稳住军心，他走近地图，说道："国民党封锁长城，进占热河，只不过挡住了我们的后路！可前面的多伦还在我们手里。我们正可以通过多伦，从内蒙古草原，把日本鬼子赶出东北去！"

随着吉鸿昌坚定的声音，抗日同盟军的大队在宽阔的草原上前进着。士兵们都戴着"誓死救国"的臂章。

途中，吉鸿昌和各师长正蹲着看地图，研究战斗部署。忽然，上空出现了敌机，吉鸿昌、霍金龙等迅速指挥部队隐蔽。孙梅和聂庆鸣从弥漫的硝烟中冲了过来，孙梅下马来到吉鸿昌面前报告说："林万鹏叛变了，并且把多伦交给了日本人……"

吉鸿昌听后愤怒不已，连日来的劳累和突然迸发的怒火一起涌上心头，吉鸿昌的嘴里吐出一大口鲜血，昏厥过去。

没多久，吉鸿昌醒了过来。这时郑桂林急驰而来，报告说："宋哲元派来了谈判代表。"霍金龙"嗖"地拔出战刀说："我宰了他！"吉鸿昌决定亲自去见他。

一座大庙前的高台上，吉鸿昌和各师长与国民党代表冯先生分坐在两边。冯代表旁若无人地说:"我们的条件是:如果吉将军停止单独行动,执行中央政令或是交出军队,中央立即委任吉将军……"

"就这些吗?"吉鸿昌打断他说,"叫我吉鸿昌卖国求荣,过去不成,现在你也休想!"说着,吉鸿昌从老周手里拿过刀来猛力一砍,桌子被一劈两半。他接着说:"你回去告诉你们的总司令,这就是我们的回答!"冯代表吓得龟缩着退了出去。

经过抗日同盟军指挥官们的商议,最终,吉鸿昌决定趁机占领长城的独石口,向华北挺进。随后,他命令霍金龙把长城一带的敌人引到两边。

长城独石口险峻的关隘上,"誓死报国"的大旗飘扬着。士兵们高举着枪,欢呼着,向关隘两旁的山顶上冲去。吉鸿昌身披斗篷,望着冲上来的士兵们。

不久,在北平军分会宽敞豪华的大厅里,一名国民党将军向贺部长报告说:"宋哲元中了吉鸿昌调虎离山计,长城已被抗日同盟军抢占,威胁全华北。"

贺部长听后非常恼火。他遵照蒋介石的训示,宁可把华北交给日本人,也不让它变成共产党的天下。随后,他指着地图对这个将军说道:"吉鸿昌的部队正在密云同日军对峙,他们的目标是日本人,对于后边……让日本人利用我们的旗号悄悄地从背后开过来!打他个冷不防!"

黄昏时分的长城,在晚霞的映衬下显得更加雄伟壮丽。顺着山势搭下的帐篷里,抗日同盟军的弟兄们三五成群地围在一起。松林里,孙梅向吉鸿昌分析敌情,同时提醒他说:"敌人这样镇定一定有鬼。北平捎信来说,国民党和日本人有新的勾结。对敌人的行动得格外小心!"说着把信交给吉鸿昌。

清晨,长城披着金色的朝霞。冲锋的队伍在原野上严阵以待。

庞大的进攻队形，中间是骑兵，两边是步兵。吉鸿昌和军官们骑马走在队伍的最前面。突然，从远处传来了枪炮声，吉鸿昌皱起眉头，沉思着没有说话。这时，陈玉玲骑马飞驰而至，她面红气喘，十分激动，勒马叫道："军长，鬼子从国民党那边杀出来了！"

激烈的战斗又开始了。顿时，战场上一片火海，硝烟弥漫。抗日同盟军在敌人炮火和飞机的轰炸下，伤亡惨重，形势危急。吉鸿昌立即组织冲锋掩护大部队突围。

经过五天的残酷战斗，抗日同盟军损失很大。傍晚，战士们在山谷深处休息，吉鸿昌过来探望受伤的战士。吉鸿昌走到陈玉玲身边坐下，陈玉玲告诉他药都用光了。吉鸿昌安慰她说："你放心，弟兄们不安置好，我是不会离开这支队伍的。"

吉鸿昌说完，又和霍金龙等来到草棚探望重伤的郑桂林。郑桂林艰难地睁开眼说道："大哥，不要管我，我不行了……"他继续说："大哥，我们受骗受够了，蒋介石这个独夫民贼，中国的命运要断送在他手里呀！"

"不，我现在真正看到了中国的希望！"吉鸿昌嘱咐他要好好休养，然后走出草棚。郑桂林欠起身来，不舍地望着他们离去。

吉鸿昌等人走后，郑桂林撕下"誓死救国"的臂章，热泪从他的双眼簌簌地淌了下来。他掏出手枪对准自己的胸膛，悲愤地结束了自己的生命。

看到死去的弟兄后，霍金龙悲愤欲狂，他拔出双枪喊道："军长，让我去拼死也比这样好受！"众士兵也高喊着向军长请战。

吉鸿昌紧锁双眉，心里激烈地斗争着。这时，聂庆鸣急步走来，把一封信交给吉鸿昌，报告说："贺部长来电报指示，只有军长离开军队，才能让红十字会来这里接收伤员。"

吉鸿昌听他说完，用低沉的声音说："我答应，但有一个条件：所有受伤的官兵都到达可靠地点之后，我才能离开！"

三

　　吉鸿昌离开军队以后，根据党的指示，又回到了天津，继续从事抗日活动。

　　此时在南开校园正举行着盛大的集会，在拥挤的游行人群中，吉鸿昌仍穿旧军衣，披斗篷，手里拿着礼帽，站在高台上发表着慷慨激昂的讲演。台下高举着抗日标语的游行队伍，汹涌地前进着。已经来到天津的周光远听了他的讲演，非常赞赏，夸奖他已经变成一个宣传家了。吉鸿昌受到夸奖，有些不好意思，却掩饰不住心中的愉快。他说："过去我光以为冲锋打仗才算个兵，现在我才觉得自己真像个兵了。"

　　随后，周光远向吉鸿昌传达了党的一个新任务，同时嘱咐他这几天要特别小心,为了党的事业,要特别爱护自己。

与此同时,在国民党特务组织——蓝衣社的办公室里,冯先生正在和叛徒聂庆鸣商议如何对付吉鸿昌。

"你只要把他弄出来就行了。"冯先生想了想,"吉鸿昌心眼最直,你跟他这么多年,还不能打这点主意吗?"

"这……"聂庆鸣苦苦思索着,终于说道:"我倒有一个办法,不知行不行……"说着,便贴近冯先生的耳朵。

吉鸿昌回到红楼住所的这天深夜,周围异常宁静。他坐在桌子前俯首写着,陈玉玲悄悄来到他身边,吉鸿昌拿起写完的稿子让她看。她问道:"写的都是您自己的经历?"吉鸿昌无限感慨地说:"是啊,明天新的一切就要开始了,赶紧叫过去的一段结束吧!"他站起来问:"金龙还没有回来?"陈玉玲告诉他金龙遛马去了。又问起孙大姐,陈玉玲说:"她来信说让我跟着军长,只管朝前走!"

"只管朝前走!"吉鸿昌不住地重复着这句话。他若有所悟地说:"人就应该是这样的,那些没有气节和廉耻的人活着像一条狗,死了也和狗一样!"

这时,聂庆鸣推门走了进来,陈玉玲便拿了那篇稿子走了。吉鸿昌问聂庆鸣情况如何,他说:"那些人好像不相信我们。"

"什么人?"

"南京来的胡汉民那一派的代表,他们同意抗战救国,就是想当面跟您谈。"

吉鸿昌听罢沉思起来,半晌没有说话。过了许久,他下定决心,决定自己去一趟,说着拿起衣帽让聂庆鸣通知老周去套车。霍金龙恰好走进院子里来,见吉鸿昌要亲自去谈,就说:"那好,我和你一块儿去。"

在国民饭店一高等房间里,吉鸿昌悲愤地痛斥着蒋介石、汪精卫之流的汉奸卖国的奴才相,同时宣传抗日同盟军抗击日本帝国主义的英勇奋战的精神。突然，门缝里伸进一支手枪把吉鸿昌身旁的镜子打碎了。霍金龙见情况有异，急忙操起一把茶壶把吊灯打碎，趁着室内的一片漆黑，大喊："军长，快跑！"

很快，吉鸿昌和他身边的共产党员都被国民党特务秘密逮捕了。

在敌人的审讯室里，吉鸿昌巍然地站立着，面对敌人不断地威逼利诱，他始终坚贞不渝，毫不动容。当冯先生陪着笑脸让他提供名单上的共产党人员信息时，吉鸿昌被激怒了，他的语气充满了悲愤和仇恨："笑话！想让我吉鸿昌出卖朋友吗？要杀要剐，就我一个！"接着，凶残的敌人在他身上实施了各种各样难以想象的酷刑……

被酷刑折磨得日益憔悴的吉鸿昌，表情依然威严镇定，目光坚定。蒋介石见他始终态度强硬，不肯低头，便决定要将他立即枪决。当叛徒聂庆鸣向吉鸿昌表示甘愿用自己的性命来为他担保时，吉鸿昌大怒："用不着，拿你们的性命来担保，我活着会比死更难受！"

不久，周光远秘密来到监狱，向吉鸿昌传达了中共中央的一份电报。当吉鸿昌得知党将尽一切力量营救自己时，他激动地沉默了一阵后，又坚定地说："到这儿，我就没打算活着出去，请你转告党，把这些力量用到更需要的地方去吧！"

终于，行刑的时间到了，吉鸿昌和霍金龙向自己的战友一一告别。他来到孙队长牢狱前，把一块金表交给了她，说："这块金表是我最后的家产，就算我交给党的最后一次党费。你拿着它，将来好出去打鬼子！"

阴霾的天空中飘落着雪花。吉鸿昌和霍金龙走到草坪中间，神情平静坦然。"拿椅子来，我们要坐着死！"在吉鸿昌的要求下，宪兵急忙搬来了两把椅子，放到他们身后。

"要死得光明正大！不能在背后挨枪！"吉鸿昌泰然坐在椅子上，要求宪兵从正面开枪。执行的宪兵战战兢兢地举起枪，却因恐

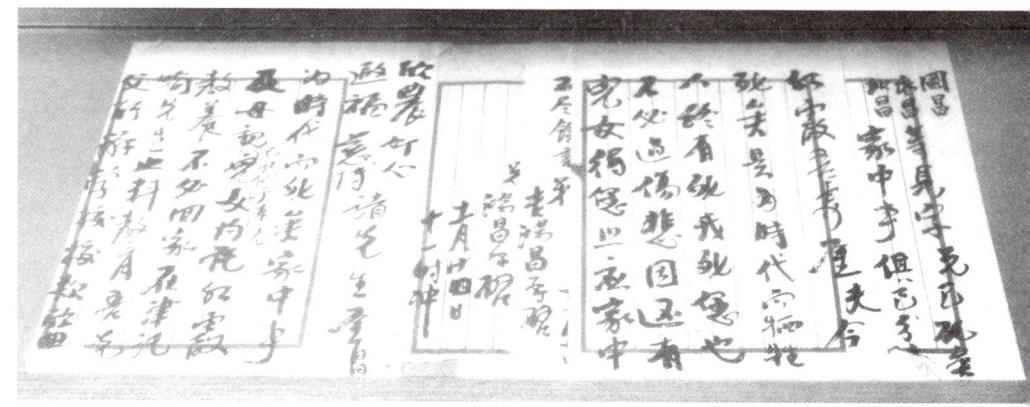

惧而痛苦地叫了一声，手里的枪掉到地上。

"还没到我们动手的时候，你就害怕了吗？"吉鸿昌轻蔑地冷笑道，"不中用的东西，给你们的主子争点气！把枪捡起来！"

宪兵又拾起枪，举了起来。

"开枪吧！"吉鸿昌威严而愤怒地瞪着大眼，用力高呼："中华民族万岁！"

雪花纷飞的阴霾天空，两棵青松笔直地耸立着，仿佛要刺透那沉重的乌云。

"中国共产党万岁！"吉鸿昌竭尽全力高声喊道。

"砰！"一声枪响划破天空……

影评选粹

人物传记·传统戏剧手法的运用

这是一部描写我国著名爱国将领、抗日民族英雄吉鸿昌的英雄事迹传记片，表现了吉鸿昌从一个旧军人到一名为无产阶级革命事业献身的共产党员的转变过程，歌颂了吉鸿昌烈士的崇高民族气节和忠贞不渝的革命精神。

影片用传统戏剧手法表现吉鸿昌这个颇具戏剧性的传奇英雄，在富于戏剧性的情境中塑造人物，展示性格，使得这个形象具有可亲可敬、可歌可泣、个性强烈的感染力。

在艺术上，影片坚持现实主义的创作方法，注重细节描绘，情节丝丝相扣，使整部影片充盈着悲壮的艺术氛围，这一切都大大增添了影片的魅力。

精彩回放

影片对成为共产主义战士后的吉鸿昌，既以宏伟和壮烈的场面，浓墨重彩地展现他的正气凛然、肝胆照人的英雄壮举，又以动人的细节，展示他内心的情感，鲜活地展现出吉鸿昌充满丰富的人生意蕴和强烈的民族精神的艺术形象。

　　最后,吉鸿昌慷慨就义,这既是影片的高潮部分,也是最感人的部分。临刑前,吉鸿昌留下了"恨不抗日死,留作今日羞。国破尚如此,我何惜此头"的铿锵诗句。面对刽子手,他大义凛然地说:"我是为抗战而死的,不能跪着挨枪,我死了也不能倒下,我要坐着。我为抗日而死,光明正大,你们不能从背后开枪。我要亲眼看见敌人的子弹是怎样打死我的!"正是基于这样的崇高精神境界,他英勇无畏,从容乐观,端坐在椅子上,面对敌人的枪口,英气逼人,使残暴的刽子手胆战心惊。影片就是通过这种扣人心弦的情节和故事,把吉鸿昌的浩然正气,生动而形象地展现了出来。

烈火中永生

不要用眼泪告别！同志们，让我们用欢笑来迎接胜利。

——将赴刑场时，江姐鼓舞战友勇敢地迎接胜利的到来

影片档案

出品：北京电影制片厂

编剧：周　皓　夏　衍　罗广斌　杨益言

导演：水　华

摄影：朱今明

作曲：朱践耳

剪辑：严尚华　朱小勤

主演：赵　丹　于　蓝　张　平　项　堃

影片史料

中美合作所

"中美特种技术合作所"的简称,国民党政府和美国合作建立的情报特务机关。1943年根据军统局局长戴笠和美国海军情报官员梅乐斯签订的合作协定,在重庆正式成立。除在重庆磁器口的白公馆和渣滓洞等地设有庞大的集中营外,其他省份也设有训练班、监狱或看守所,专门训练特务,逮捕、囚禁和残杀共产党人和民主进步人士。1946年3月撤销,所辖集中营全部移交国民党特务机构。

渣滓洞集中营

国民党反动派囚禁共产党人和进步人士的集中营。位于重庆磁器口,原为一煤炭厂旧址,附近有一个煤坑,故名。1939年军统在

此设立集中营，1943年后改为中美合作所第二看守所。1949年11月底重庆解放前夕，囚禁于此的革命志士200余人被国民党反动派集体杀害。

江竹筠

江竹筠，1920年8月20日出生，四川省自贡市大安区大山铺镇江家湾人。江姐是同志们对她的爱称，以表敬爱之情。1939年加入中国共产党。1945年与彭咏梧结婚，婚后负责中共重庆市委地下刊物《挺进报》的组织发行工作。

1948年，彭咏梧在中共川东临时委员会委员兼下川东地委副书记任上战死，江竹筠接任其工作。1948年6月14日，江竹筠在万县被捕，被关押于重庆军统渣滓洞监狱，受尽酷刑仍然坚持不吐露任何消息。1949年11月14日被敌人杀害并毁尸灭迹。

本电影故事就是根据共产党员江竹筠的英雄事迹改编而成的。

剧情故事

一

这是1948年3月下旬的一天。黑夜的氛围渐浓，近处的街道上，行人行色匆匆。忽然，一辆警车疾驰而过，向"精神堡垒"（今重庆市内的解放碑前身）驶去。不一会儿，"精神堡垒"的周围就被警察团团围住。行人不明所以，都好奇地驻足观看。只见一个警察抓着"精神堡垒"上贴的一个宣传单，凶巴巴地向一个人问道："看到谁贴的了吗？"那人说没有。警察明显有些气急败坏，忙将"精神堡垒"封锁起来。看到这里，许多人心里都有了数：原来这些警察是来抓贴宣传单的共产党的。

在重庆市的另一端，侦防处处长徐鹏飞没有心思理会贴传单这种小事。他穿着崭新的美军便服，坐在办公室里。他原本的络腮胡子被剃得干干净净，这个新形象虽然少了几分凶恶，但又平添了几分狡诈。徐鹏飞自己显然没有意识到这些，此时他正边吸着烟，边听部下报告突击检查的战果。

"……一共逮捕了嫌疑分子214人，其中青年学生……"

徐鹏飞一挥手，打断部下的报告，问道："《挺进报》的线索，找到了没有？"

"又查到三份，都是邮检处查到的。"部下忙回答道。

这时，伴随着一阵叩门声，秘书疾步进来，把朱绍良送来的文件轻轻放下。徐鹏飞拆开信，认真地阅读着。没过一会儿，秘书又进来报告说渝站来电。徐鹏飞拿起听筒，等一接通，他就大声吼了起来："找到人没有？什么？查不出来？"电话另一头大概在解释，徐鹏飞却不理会那一套，继续厉声说道，"你难道不知道，总裁手令，限你们三天破案，抓不到人，你们休想活命！"说完，狠狠地挂断了电话。

太阳东升西落，转眼间又是新的一天。一艘长江轮船伴着黎明的薄雾渐渐靠向码头。在众多乘客中，有一位身穿淡蓝色布旗袍，外面套着深蓝色毛衣的女人，她手提一只箱子，静静地站在船头，面带微笑。她，就是江姐。

江姐来到船舷边，忽然看到了穿着长袍、西装裤、皮鞋的许云峰，笑着举手招呼。船梯缓缓放下，江姐扶着扶手下船。她笑着向这个穿着西装的青年走去，这个人是他的同事，共产党员许云峰。

许云峰带着江姐来到安排好的住所。还没有来得及休息，二人就开始说起了工作，谈论起江姐的爱人老彭为什么提前回去的缘由，并交代沙坪区下一步的工作计划和关于《挺进报》的工作安排。

二人还在交谈的时候，他们的另一位同事李敬源从后门进来。江姐看到李敬源后很开心，三人彼此寒暄了一下，就开始讨论下一步的工作。江姐向二人强调了上海局的嘱咐，既要防止信心不足、右倾麻痹思想，也要防止"左"倾急躁的盲动主义。之后，江姐又去了重庆大学，找到华为，商量了一下进山的事情，并安慰了孙明霞这位因为不能进山而正在闹情绪的小同志。

西南长官公署会议室里死气沉沉。徐鹏飞、严醉、沈养斋、秘书长等几位高官密谋着下一步的破坏工作。经过一阵激烈的争辩，最终决定先突破《挺进报》这条重要的线索。

另一边，江姐已经收拾好行李，跟着华为进了山。许云峰交代并帮助安排了一下进山的事情。她手拎着一只小手提箱，来到码头。甫志高提着送给江姐的一口大箱子，满头大汗地追了上来。浓雾渐散，汽笛声响起。旅客们纷纷提着行李走向码头，江姐也站起来，提了箱子向船上走去。望着甫志高在人群中消失，江姐陷入了沉思。

波澜的江面上，这艘"民运轮"逆江而上，波涛在太阳的映射下闪闪发光。远远的岸边，隐约可见几只插着小红旗的差船和几只民船，纤夫辛苦地拉着纤绳挣扎前进，江风吹来时，可以隐隐地听到川江号子高亢、豪迈的声音。

当江姐和华为到岸下船的时候，天空已经下起了大雨。江姐和华为提着行李在进城的公路上走着，雨越下越大，没有停止的意思，街道和远处的城楼被雨雾笼罩着，朦胧一片。这样的雨天，街上应该没有什么人才对,但是在不远处的城墙边却围了一群人,好像是在看着什么。

江姐很是好奇,也向城墙边走去。城墙上贴着一张大幅的布告,上面列着已经被处以死刑的共产党员的名单,但因被雨水淋湿,字迹已经变得模糊不清。江姐看不清字,便向上面的照片看去。照片虽然也有些模糊,但她还是一眼就认出了其中的一个人。江姐不可置信地看向照片边上的字。这回,她清楚地认出了上面的一行字:"华蓥山纵队政委彭松涛"。

彭松涛!她的丈夫彭松涛!

江姐无法接受这个事实,她想再看一眼布告,也许刚才只是看花了眼。就在她鼓起勇气打算再确认一下时,一阵风吹过,掀起了残缺不全的布告,露出来的正是彭松涛的照片,显然是就义前照的,头发很乱,胡子发黑,但是昂然不屈,两眼藐视敌人。

雨依旧倾盆而下,江姐觉得整个世界已经随着这场雨倾塌下来,悲伤与痛苦疾风骤雨般地向她袭来。但当华为走上前询问她发生了什么的时候,她竟强忍住悲伤,对他说道:"走吧,咱们不进城了。"

彭松涛的牺牲不仅给江姐带来了悲伤,还告诉江姐城中的危险。她不得不跟着华为赶去另一条线的联络站。

江姐和华为沿一条曲折的石板路爬上山去,来到了华为的家。一进家门,华为就热情地向自己的母亲介绍道:"妈妈,这是江姐,江雪琴同志。"老人走近一步,眯起眼睛,仔细地端详了一下,忽然用力地抱着江姐的肩头,欣喜地说道:"早就听说你要来了!走,里边休息。"老人热情地牵住江姐的手,领着江姐进入里面的寝室。

老人很高兴江姐的到来,亲自递给江姐一杯热茶,说道:"先喝口茶吧!"不等江姐说话,老人又忙着低声解释,"这几天敌人封锁得很紧,不容易上山,老彭特意要我赶下山来接你。"

江姐端着茶,看着眼前这位慈祥的老人。这位老人虽然已经不再年轻,但还是依稀可以看出她当年打游击、做指挥员时的英气与干练。她知道老人这样急着提到彭松涛,是想隐瞒彭松涛已经牺牲的噩耗。她心中感到一丝安慰,开口说道:"妈妈,我全知道了!"说着,积蓄已久的眼泪再也控制不住地流下来。

看到这样悲伤的江姐,老人也流下了泪水。她紧紧地抱住哭泣的江姐,想要用这个拥抱传达自己的安慰与力量。哭过之后,江姐抬起头,对老人坚定地说道:"妈妈,把我派到老彭工作过的地方去吧!"

老人被江姐的坚定信念所感动,用低沉而有力的声音激励江姐和华为:"要革命的人,是杀不完的!"

二

在靠近沙坪坝学校的街道上,几百个学生在举行游行示威活动。警察在马路上拦起了有铁丝的木架子进行突击检查。一个名叫郑克昌的人在接受检查的时候,警察和便衣从他的口袋里搜出了《挺进报》。警察拿着《挺进报》如获至宝,立刻逮捕了郑克昌。

郑克昌被徐鹏飞的人逮捕后,很快就在酷刑下把地下党的一个联络站供了出来。徐鹏飞得到重要情报很是神气,立刻下达命令:晚上11点钟在书店和银行两处同时行动,一齐破案。

徐鹏飞的行动计划被许云峰知晓。许云峰立即督促陈松林转移,但甫志高却不听劝告,最终被国民党反动派抓获,并在严刑拷打下叛变了革命。

这天上午,茶馆里茶客不多,戴黑框眼镜、穿咖啡色西装的李敬源和穿蓝布长衫的许云峰坐在茶室的一个角落里,从这里正好可以看到茶室的进出口。两人谈论着昨晚的事,认真分析当前形势,并一再强调提高警惕,防止敌人进一步破坏。李敬源把省委的特别联络站告诉了许云峰。

就在二人分别离开茶室的时候,意外发生了。叛变了的甫志高带着一伙特务埋伏在茶馆门口,将刚走出茶馆的许云峰逮捕。由于甫志高并不认识李敬源,李敬源才得以逃生。徐鹏飞对许云峰百般威逼利诱,许云峰始终不为所动。敌人无可奈何,只得把破坏地下组织的重任寄托于甫志高身上。

江姐从华为那里得到了重庆出事的消息,但她并不知道甫志高已经叛变。甫志高利用江姐对他的信任,带着几个特务来到山上,把江姐抓了回去。

江姐戴着手铐,坐在一辆吉普车中。车子疾驰在一片荒野中,不久,他们的目的地就出现在眼前。

一座监狱匍匐在一座高山的脚下,笔陡的山峰除了暴雨冲击形成的沟壑外,再也没有其他道路。起伏的山峦像压在牢房的脊背上,一层层通着电流的铁丝网和碉堡守望着整个山谷。这里就是臭名昭著的渣滓洞。江姐下车后,看了一眼迎面的高峰和眼前孤零零的牢房,没有多说什么。

第二日,徐鹏飞就迫不及待地提审了江姐。中美合作所集中营的审讯室里,徐鹏飞走到躺椅边,故作镇定地坐下。在狱警的押送下,江姐缓缓走进审讯室,神色平静,不卑不亢地看了一眼徐鹏飞,坐到了一把椅子上。

徐鹏飞故作亲切地劝道:"一个女人搞什么政治?丈夫刚死,丢下一个小孩,谁来带养?何苦走你丈夫那条死路?"

江姐微微地扬起眉,不屑地瞥了一眼徐鹏飞,没有理会他。

徐鹏飞见状,不甘心地继续说道:"你们华蓥山上那几个土共,成得了什么大事。孤儿寡母的闹什么革命?你把老太婆找来,我和她谈一谈……大家不伤和气好不好,我把你们放了,让你们去养儿育女。"

江姐坚决地反驳道:"你看错了人。"

徐鹏飞有些意外，决定用酷刑威逼江姐："那也好，人是血肉做的，这中美合作所有几十种新式刑具，你经得起？"

江姐毫无畏惧，干脆地答道："随你的便。"

徐鹏飞见江姐软硬不吃，勃然大怒，大声对手下朱介命令道："整！"

朱介听命按了按桌上的电钮，江姐身后的一道铁门哗哗地敞开了，里边摆满了各种刑具。徐鹏飞还想劝诱江姐投降："我再给你一分钟。"

"一秒钟我也不需要。"江姐的双脚向后移动，脚尖一踮，坚定而从容，转身向敞着铁门的刑讯室走去。

时间已经是重庆的夏天了。戴着重镣的江姐刚刚经过酷刑，正在昏迷中。一个五六岁模样的孩子，走近她的牢门边。这孩子的身子特别细弱，手脚都很小，却长着一个圆圆的大脑袋。这个孩子叫小萝卜头。江姐从昏迷中睁开眼来端详着他。孩子大胆地把圆脑袋伸进了风门。他从衣兜里快速摸出一张纸条说："给你的！我来过好几次，你都没有醒！"

江姐接过纸条，警惕地退后一步，打开来一看，上面写着："你是这场斗争中的焦点，也是组织和同志们的安全线，我们信任你能战胜敌人的一切阴谋和迫害。致革命的敬礼！附告：云儿无恙，可释念。"

江姐看过后很是激动，忙问小萝卜头："谁叫你送来的？他在哪里？"小萝卜头指着许云峰所在的牢房。她看到许云峰在向她点头致意。再往别处看，江姐发现很多的牢房里都有人在向她点头致意，江姐心中感慨万千。

黄昏，一列车队在歌乐山山谷里奔驰。徐鹏飞、朱介等大批二处的特务又要夜间审讯。女牢里有人出来了，虽然昏暗中看不清楚是谁，但一听到铁镣的声音，整个监狱顿时寂静下来。随着铁镣声的渐渐清晰，同志们看到了几近衰竭的江姐拖着两副重镣从门前走过。虽然受尽酷刑，江姐仍然向大家微笑，告诉大家不要替她担心。

徐鹏飞心急如焚，他准备今天作最后的决战。刑讯室里的人好像一群饥饿的野兽一样，他们目露凶光，仿佛迫不及待地要迎来一场嗜血的杀戮。江姐走进刑讯室，站在正中央。她的眼中没有胆怯，平静地看向面前的"野兽"们，毫不畏惧。

徐鹏飞看着如此坦然、平静的江姐，抑制不住地害怕起来，就连打手们也显得有些紧张。过了许久，徐鹏飞才突然惊醒似的，拖过一把椅子坐下，恶狠狠地说道："你仔细想过了没有？今天是你最后的机会，说！"

江姐极为平静地说道："上级的姓名，我知道，下级的姓名，我知道，但是我早就告诉过你,这是我们党的秘密，不能告诉敌人！"

听了江姐的话，徐鹏飞气急败坏，愤怒地盯着江姐，牢房里一片寂静，即使一根针掉在地上也能清晰地听到。许多人伏在牢门上倾听。这是一种不安的沉默，是一种不祥的沉默！

突然，徐鹏飞咆哮起来了："你不讲，好嘛，我们帮你打开嘴巴，来人！"一阵脚步错乱的声音，敌人已经准备好刑具。特务们抓住江姐，施刑。整个过程中，江姐没有求饶，没有妥协，她只是咬紧牙关忍耐着，直至因疼痛而昏迷。不知过了多久，江姐渐渐苏醒，但是轻微一用劲，又疼得像是要昏迷过去。

徐鹏飞看着痛苦的江姐，威胁道："再不说，还有更厉害的！"

他用嘶哑的声音叫喊："来呀！"

院子里的特务"哄"的一声都站了起来，跑动开了。牢房里，同志们的心弦一下子就绷紧了。一阵又一阵令人心悸的泼水声音……死一般的寂静充斥着整个牢狱。

薄雾轻轻地从地上升起。晨曦显现，太阳升起。高墙边的铁门打开了。有人喊道："回来了！江姐！"牢房的人们一起拥到门边，只见特务抬进来一副担架,担架上的江姐已经昏迷过去。担架从牢门口抬过,同志们看不到江姐的脸,只看到一副铁镣拖在地上,链环拖得当啷当啷地响。人们屏着呼吸,仇恨的烈火在心中燃烧,眼里噙着的泪水和江姐的鲜血一起往下滴。

鸟叫声稀稀疏疏地响起,黎明的阳光在期待中渐渐闪出来。忽然,一阵金属转动的声音响起。接着,当啷当啷……渐渐地节奏明朗,声音也响亮起来。"这是从江姐的方向传来的!"一个同志激动地喊道。

谁能想到刚刚受过那样严重酷刑的江姐,在没有任何护理的情况下竟能自己这样快地站了起来!谁能想到大家天天在关心着的奄奄一息的江姐竟在这样的时候,用这样的方式和大家重新欢聚!大家狂喜地冲向门口,一个一个伏在签子门上,大声喊着:"江姐!""江姐!"

伴随着铁镣的叮当声,歌声出现了,雄壮的歌声在院坝里回荡。江姐站在窗前,激动地望着大家。歌声像擂响的战鼓,像冲锋的号角,唤起人们无限的战斗激情。江姐立在窗前,好像在向敌人宣布:胜利永远是属于我们的!春雷一般、万众一心的声浪,变得更加高昂豪迈,震撼着山岗,震撼着每个人的心!

初秋到来,微风带着落叶吹过。济南解放、沈阳解放、淮海战役接近尾声等消息接踵而来。狱中,共产党员们为庆祝反动派的即将垮台开起了联欢会。院坝里欢声阵阵,同志们正热情欢舞。江姐读着许云峰送来的纸条:求和的阴谋,挽救不了敌人的灭亡,新中国要提前诞生了。我们要尽快完成一切准备,和党取得密切联系,大胆、沉着,冲过这最后的、也是最艰巨、最残酷的战斗,把红旗插在歌乐山顶,迎接祖国的黎明!她看着许云峰,用监狱里特有的无声的语言在表达对许云峰的尊敬、感激和自己誓死完成党的任务的心情。许云峰深深地懂得江姐的心声,他也用这种特有的方式去回答江姐。

爆竹声声,这时的重庆在过1949年的新年。重庆市中心,抗战胜利纪功碑上的扩音喇叭里播送着蒋介石的"求和文告"。大街上,报童在大声喊叫"蒋总统引退"。这个消息让徐鹏飞十分恼怒,狡猾的他决定提前行动,把许云峰秘密关押。

监狱里,小萝卜头穿着一身干干净净的衣服跑到牢门边向江姐告别,并告诉她南京、上海都已解放的消息。"再见,小萝卜头!"小萝卜头走了。江姐愤怒地很长一段时间站在那里。

华子良端着簸箕从江姐面前走过。江姐从他的背影上看见他伸手按了按眼角,顿时触动了敏感的心弦。"这是谁?什么人才会有这样的举动?"华子良的种种行为让江姐百思不解,也让其他同志难以捉摸。

江姐用力把一个纸团抛向一间男牢房,偏偏丢在栏杆上,弹了回来,落在地上。"猫头鹰"刚巧从后面走来,房里屋外的同志们都急坏了。危急时刻,华子良把纸团扫进了簸箕,把握时机及时把纸团交给了许云峰,并透露出自己的身份。原来,他曾是华蓥山区的党委书记,因叛徒出卖而被捕入狱,后接受上级的特殊任务,一直以装傻的假象麻痹敌人,才得以长期地隐蔽下来。

华子良和许云峰二人热泪盈眶,双手紧紧地握在一起。许云峰把省委联络站的地址告诉了华子良并委托其前往联络。华子良借采买的机会外出时联系上了省委联络站的同志,并巧妙地带回了越狱用的锯条。

高空夜航的运输机在细雨飘零的云雾中穿行,间或透出点点红色、绿色的灯光。守望在女牢门边的人们,仰头看天,说道:"还在向台湾运物资。今晚又飞走了50多架……"

华子良利用送饭的机会,把中华人民共和国成立的消息传到了监狱。江姐激动地念着报纸:"1949年10月1日,毛泽东主席在北京向全世界宣布，中华人民共和国成立了！"激动的人们低声欢呼着，打断了江姐的朗读。

"毛主席万岁！""中国共产党万岁！"巨大的喜悦激荡充盈着整个牢房，黑暗中，闪烁着一片晶亮的眼光。"明霞！"江姐声音激动，招着手，让大家安静，以免惊动敌人。他们读着报纸上写的"中华人民共和国国旗五星红旗飘扬在天安门"，仿佛此时就可以看见天安门前红旗招展，焰火冲天。

大家七嘴八舌地说着："江姐，我们行动的时候，也要有一面国旗呀！""把红旗拿出来，马上做成五星红旗。"大伙儿火热的目光都转向江姐，等待她的意见。

"江姐，把我们珍藏着的红旗拿出来。"孙明霞急切地恳求着。有人说道："我这里有针线。"于是大家你一针，我一线，一针一线织绣出闪亮的金星。江姐一边缓缓地搓着线，一边凝望着刺绣中的红旗。

江姐拿着绣好的红旗站起来，其他几个人也站了起来。看着这面饱含无数先烈英魂的五星红旗，想着新中国的成立，大家都沉浸在幸福的憧憬里。

三

成渝公路上，一辆辆沉重的军用卡车疾驰而过，天空中飞机不断发出嗡嗡的声音，一派兵临城下的慌乱景象。李敬源穿着西装，来到郊外，华为的老母亲已先在那儿等候了。二人商量接下来的工作，并把许云峰送出来的渣滓洞附近的地图细细研究一番，最终制订了营救计划。

寒风萧瑟中的重庆已经是深秋了。深夜，敌人在密谋着新的破坏活动。广播中不时传来敌人为稳定军心而捏造的虚假消息。突然，一阵急促的脚步声，穿着美式军装的郑克昌仓皇而来："报告，我们到工厂检查工作，工人组织了纠察队，炸药运不进厂！"

"报告！"机要秘书也抱着一个密封的大信封交给徐鹏飞。徐鹏飞拆开，眉头皱成一个疙瘩，半天没有说话，然后拿起电话，拨打了一个电话："喂！局座吗？对，密裁计划批准了，是，立即执行！为什么上边不签字？总裁口头批准的？那么局座签个字吧！什么？万一文件落在共党手中？"徐鹏飞放下耳机，慢慢地从牙缝里挤出一个狠毒的命令："提前分批处决！"

徐鹏飞的汽车疾驰而过，开进中美合作所的大门，后面紧跟着一辆十轮卡车。徐鹏飞快步跨进特务办公室。严醉跟着特别顾问逃跑、沈养斋下落不明使得徐鹏飞气急败坏，决定亲自执行提前分批密裁的命令。

地窖深处，许云峰半倚半坐地侧身靠着墙角一动不动。徐鹏飞上前两步，用十分平和的声音说："许先生！"许云峰没有回答。徐鹏飞停了一下，又殷勤地喊道："许云峰先生！我特地来告诉许先生一个好消息。"

许云峰坐直了身子，沉重的脚镣碰在岩石上，当啷地响了。久不说话的嘴巴紧紧闭着。

"也许"，徐鹏飞笑了笑，"这一年来许先生的消息不很灵通了吧？现在我可以把全部情况告诉你。成都失守，重庆危在旦夕……"

徐鹏飞摸出烟盒，送到许云峰的面前，许云峰毫无接受的表示，徐鹏飞缩回了手，满不在乎地点上一支烟，又说："我想许先生听到这个消息，一定很高兴吧？"

"当然高兴。"许云峰毫不掩饰内心的高兴，脸上浮出肯定的笑容。

"事实完全如许先生过去预料的那样发展，大局已经定了，但是"，徐鹏峰有些得意地说："重庆还在我手里。共军进入重庆市郊,这座有名的山城也许就不存在了,焉知你们这批胜利者不会和城市同归于尽?"

许云峰忽然大声笑了,说道:"城市可以炸掉,人可以杀掉,但是,中国革命的胜利局面,是永远也不能改变了。"

徐鹏飞再次露出奸笑:"胜利就在眼前,可是却看不见自己的胜利,这多么遗憾。不知此时此地,许先生是怎样的心情?"

许云峰慢慢地站起来,缓步走到徐鹏飞的面前,直视对方,微微一笑,问道:"我倒想问问你,你此时此地的心情又是如何呢?"

听到这意外的话,徐鹏飞茫然失措。

"也许你可以逃跑,可是你们无法逃脱历史的惩罚!"许云峰不屑再讲下去,径直跨上石阶,向敞开的地窖铁门走去,他站在高高的石阶上,忽然回过头来,朗声命令道:"不用多说了,走!带路!"

皮靴声踏过三个土阶沿,来到女牢门边提人。特务慌忙开了锁,探进身子,喊道:"江雪琴,收拾东西,马上进城!""进城?"孙明霞追问着特务。"共军到了,欢迎江先生进城去……"特务支吾着。孙明霞暗暗怔了一下,向室内走了两步,回头又厉声制止特务:"不准进来,人家要换衣服。"

孙明霞急切地走向地铺,一下子抽出早已经准备好的匕首:"江姐,我们的队伍到了!"江姐平静地把孙明霞手中的匕首夺下:"越是关键的时刻,越不能轻举妄动!现在还没有听到炮声!"江姐走到墙边,拿起梳子,在微光中,对着墙上的破镜,像平时一样从容地梳理她的头发。她低声对孙明霞说道:"同志,他们要下手了!"此刻,孙明霞心里全明白了。而此时,江姐异常平静,没有激动,更没有恐惧和悲伤,黎明就在眼前,她已经看见晨曦了。

孙明霞激动地:"江姐,我们不能没有你!"

江姐梳着头,那么镇静,脸上是永恒不变的笑容。她回过头来对孙明霞说道:"明霞,你要对全体同志负责,不能这样脆弱。记住老许的话,时机在解放的前夕!为了全体同志,为了党的需要,一定要听到炮声……"

孙明霞迷惘地望着江姐。江姐微笑着,有意把她从痛苦与迷惘中解脱出来,问道:"明霞,你看我头上还有乱发吗?"孙明霞久久凝望着江姐刚梳好的头发,心里涌出无尽的话语,嘴里却简单地回答着:"没有,一丝乱发也没有……"

"男室也在提人!"有人轻轻报告着,声音里蕴藏着痛苦与激动。江姐放下梳子,穿上了被捕时的那套衣服。她习惯地用手抚平了衣服上的一些褶皱,再次对着镜子照了一下,回头在室内试着走了几步,像准备出席隆重的典礼似的。

这时,江姐忽然想起了什么,低声地对孙明霞说:"请你照看一下我的孩子,叫他跟着共产党走,建设新中国。不要娇纵他,当普通老百姓,粗茶淡饭过日子。"

这时,从男牢房的走廊上传来了一阵阵脚步声。十来个男同志从容地走了过来,一路上高呼口号,和每间牢房里伸出的手紧握着告别。"不要用眼泪告别!同志们,让我们用欢笑来迎接胜利。"江姐转身轻轻扶起哭泣的战友,迎向路过门边的男室战友们告别的

目光,说:"你看他们,多么坚强。"

江姐微笑着,向大家做着最后的告别:"同志们,再见!"

走廊上,许云峰站在那里。江姐走上两步,扶着倔强地移动脚步的战友。他们在走廊上迈步向前……

四周是陡峻的山谷,许云峰、江姐站在空地上,面无惧色,高呼:"中国共产党万岁,毛主席万岁!"

一阵密密麻麻的枪声响起,江姐与许云峰英勇就义。远处传来一阵隆隆的炮声。

就在此时,监狱中的孙明霞突然对其他同志说道:"听!解放军的炮声!"

炮声像是一个信号,监狱中顿时传来"冲出去"的喊声。大家在华子良的帮助下,敲开镣铐,冲出狱门。一群人影在枪林弹雨中扑向铁门。华子良特别勇敢,他领着人群冲进地道,搬开条石冲出魔窟。

前面红旗迎风招展。朝霞穿透云雾。英勇的解放军、游击队胜利解救了狱中的同志，俘虏了以徐鹏飞为首的敌人。五星红旗在人群中摇曳。旭日东升，东方绚丽的朝霞洒在五星红旗上，放出万道光芒。中美合作所集中营燃起的熊熊烈火中，仿佛看到江姐和许云峰在向战友们招手……

影评选粹

多线并进·平行发展

导演准确地把握了反动派全局性毁灭的命运和在局部范围内的疯狂肆虐所形成的强烈对比的形势特点，产生了震撼人心的艺术力量。导演在影片的结构布局上，采用多线并进的方式，巧妙安排几个同时发生的事件平行发展，彼此紧密联系，互相补充和衬托，避免了平铺直叙，使矛盾冲突更为集中、紧凑、突出，这是影片中体现出来的一个重要艺术特色。

影片强烈的艺术感染力，还在于赵丹、于蓝、项堃等演员的精湛表演。作为老一辈的著名演员，他们在影片中的表演惟妙惟肖、出神入化、生动逼真，极富审美价值和艺术魅力。他们的表演，不仅是外形上的栩栩如生，似乎与观众共存，而且是一种内在的精神超越，与观众在心灵深处发生"碰撞"，产生艺术共鸣，因此而感人至深。

影片结构紧凑，戏剧冲突集中在许云峰、江姐和徐鹏飞等人身上展开，主要人物形象鲜明，同时，英雄群像也得到浮雕般的凸显，全片洋溢着视死如归的革命英雄主义气概。简洁严谨、细腻含蓄的风格在影片《烈火中永生》中充分体现，同时片中充满了一种强烈的革命激情。虽然是一部歌颂英雄的影片，但导演避开豪言壮语式的表现，注重挖掘生活细节，在真实感人的细节中展现英雄人物的精神风貌。

董存瑞

> 为了新中国！前进！
> ——董存瑞的遗言

影片档案

出品：长春电影制片厂
编剧：丁 洪 赵 寰 董晓华
导演：郭 维
摄影：包 杰
美术：徐 渭
主演：张 良 杨启天 张 莹
　　　周 凋

荣誉成就

影片荣获文化部1949—1955年优秀影片一等奖,演员张良荣获个人一等奖。《北京日报》举办全国观众投票推选"观众最喜爱的五位电影演员"中,张良凭借在《董存瑞》中的出色表演,荣获第二名。

影片史料

攻克隆化城

1948年5月,为扩大晋察热辽解放区,配合华北野战军在华北地区的攻势,并掩护东北主力休整,东北野战军第11纵队从朝阳地区向西进发,于5月18日迅速完成对驻隆化县城国民党军的包围。

隆化城,是国民党军外围一个突出的据点,也是承德北面的屏障。国民党军以苔山和隆化中学为防御重点,城周围有40余个碉堡群,凭坚据守。在向隆化中学攻击时,遇守军顽抗。第6连第6班的班长董存瑞手托炸药包,舍身炸毁桥上暗堡,为攻击部队扫清障碍。最终,第11纵队于26日成功攻克隆化城。

董存瑞

董存瑞(1929—1948年),河北怀来人。1945年参加八路军。1947年加入中国共产党。1948年5月25日在解放隆化的战斗中,手托炸药包炸毁敌桥头堡,用生命为部队开辟了前进的道路。后被授予"战斗英雄""模范共产党员"称号。

剧情故事

一

雄伟的长城在崇山峻岭中蜿蜒起伏，长安岭上的不老松直插青云。这个被群山环绕的小村庄里，绿树成行，青翠欲滴；溪水潺潺，叮叮当当。这里，就是战斗英雄董存瑞的故乡。

1945年，董存瑞还不满17岁。由于未获准参军，他十分焦急。看着新战士们披红戴花高高兴兴地排着队走向广场，董存瑞心里别提有多难过，他招呼着自己的好伙伴郅振标，一起商量着参军的事情。最后，董存瑞决定自己去和赵连长进行"蘑菇战"，让郅振标去找区政委王平。所谓的"蘑菇战"就是软磨硬泡的意思。

这时，新参军的队伍在赵连长的带领下进了广场。广场前的松枝牌坊秀丽夺目，牌坊上无数的小锦旗迎风招展，旗下的标语上写着："龙延怀联合县第三区抗日群众大会"。两旁的柱子上清晰地贴着一副让人耳目一新的对联："庆祝苏联红军攻克柏林消灭希特勒，欢送我新战士敌后抗战追歼日本鬼。"可是，由于年龄小，个子矮，董存瑞、郅振标两人的"蘑菇"战术完全失效。赵连长和王平政委都没有同意他们参军的请求。董存瑞气呼呼地对连长说道：咱抗战不是一年两年了，八路军有的是，你们这个连，就是用八抬大轿抬我，我都不来了。郅振标在一旁感到非常尴尬、慌张，抱歉地对赵连长鞠了个躬，拉着董存瑞溜之大吉。

召开完群众大会的人们被摔跤场上的阵阵欢呼声吸引过去了。新战士、民兵及乡亲们正在观看摔跤比赛，战士王海山和新战士牛玉合正扭打得难解难分。看着王海山被牛玉合摔倒在地，董存瑞惋惜地对郅振标说道："笨蛋，这样让人给摔倒了。"气愤的王海山站在场子上，对围观的人们说道："乡亲们，这场摔跤比赛是我们各村参军的新战士利用开会前的时间进行的联欢，以武会友，不在乎输赢。希望看热闹的人,多多批评,少扣帽子。觉得自己挺不错的,看不上别人,你就下场子和人家摆摆。"很明显,他的话有意针对董存瑞。被激怒的董存瑞下场和牛玉合扭成一团。董存瑞被牛玉合抓起抡动着。牛玉合累得上气不接下气,董存瑞乘机将他摔倒在地,人们哄堂喝彩。王平走过来说:"四虎子(董存瑞的乳名),真有两下子啊!"一想起不批准自己参军的事,董存瑞气呼呼地回答说:"嗬,得了,王平同志,咱参军还不够条件呐!"董存瑞说完,扬长而去。赵连长和王平相视而笑,对这位小伙子不免产生了几分好感。

日本法西斯匪徒为确保其占领区,残酷地向我解放区边沿大举进攻。当地抗日力量转入山地,与敌人展开了激烈的反"扫荡"斗争。解放区政委王平带着董存瑞、郅振标以及区小队的其他民兵们,神情严肃而紧张地掩护群众转移到山里。

几队日本兵沿着狭小的山谷,从四面悄悄地向前运动着。忽然,远远的对面山壁下,隐藏在石块后面的日本兵全都站起来了。这时大家惊讶地发现,山的三面都被鬼子包围了。一个日本军官看了一下手表,拔出战刀,指挥着日寇向东山沟冲去。面对这样的突发情况,王平毅然决然地说道:"现在只有突围了!"他对小队长说道:"让民兵带乡亲们一起走,区小队马上全部集合到北面山上,把敌人全部吸引过来,大家拼尽全力挡住日寇,掩护乡亲们突围,没有命令,一步也不能撤退!"紧接着,王平命令董存瑞和郅振标同乡亲们一起走。董存瑞没有答应,他悄声让郅振标把手榴弹给自己,然后拿着手榴弹跑到王平所在的山头。王平诧异地看着董存瑞。董存瑞尴尬地说道,我姐姐让我给你送点吃的。王平立即命令董存瑞回去。然而,董存瑞执拗地就是不走。

望着越来越近的鬼子,战士们在得到王平开打的命令以后,猛地向敌群中掷出手榴弹。在震动山谷的爆炸中,十几个鬼子猝然倒地,王平带着小队战士埋伏在烟雾弥漫的山头,紧张地向山下射击着,阵地上不停地响着爆炸声。日寇呈散兵线伏在山地上向王平所在的阵地运动。日寇发起了冲锋,他们疯狂地向山上潮水般汹涌而来。董存瑞在王平身后山头的转角处紧张不安地探头张望着。阵地上已经焦黑一片,四周的野草燃烧起来,这场战斗异常激烈。阵地上只有四个战士了。王平命令大家撤退。这时,一发炮弹飞来,王平身受重伤,董存瑞立刻转过身,跑到王平身边。董存瑞难过地哭了,王平说:"别哭,四虎子,我不行了,这是我5月份的党费,想办法交给党。"说完,王平就牺牲了。

战斗结束后,董存瑞和郅振标又向指导员提出了参军要求。指导员说:"董存瑞同志,说实在的,你今年到底十几了?属什么的?"董存瑞答道说:"十七岁,属小龙的。"指导员一听,说:"属小龙的,那才十六啊!""我们那儿都这么算……"董存瑞见越说年龄越小,着急地争辩着。"哈哈,都这么算,大家都跟你一样撒谎?""报告指导员,就是毛主席在这,我也这么说,属小龙的十七!"赵连长和指导员都说:"好了,四虎子,这回用不着求爷爷告奶奶的了,把王平同志的介绍信拿出来吧!"董存瑞难过地哭泣起来说:"王平同志……他牺牲了。"

董存瑞、郅振标终于穿上军装,成了光荣的八路军战士。发放武器的时候,董存瑞摸摸自己的子弹袋,发现只有10发子弹,闹起了情绪。战士王海山说:"董同志,先别嫌子弹少,等到了战场上,保证手不哆嗦,能把子弹放出去就不错啦。"董存瑞说:"好说,王同志,真刀真枪咱见过,不服咱就在战场上赛赛。"

这天,部队接到了命令,伏击日军骑兵大队。部队刚在隐蔽地点埋伏下来,日寇就远远地出现了。连长一声令下,机枪、步枪齐发。董存瑞兴奋地一发接一发地射击,几下子就把子弹打光了。战斗结束后,连队召开战斗总结会,各人报告消灭敌人的情况和缴获的枪支弹药。战士们成群结伙地欣赏着缴获的战利品，有的骑着缴获来的高头大马在奔驰穿梭，有的唱歌说笑，只有董存瑞羞愧地站着，因为他没有消灭一个敌人。赵连长严厉地对董存瑞说："打仗，是图痛快？放啊，放啊，你以为是扛火枪打兔子，打不着倒还闹个过瘾？同志，这是革命战争。""报告连长，我是想狠狠地打鬼子的呀！"董存瑞哭了。指导员说："董存瑞同志，在战场上要是不瞄准敌人射击，敌人就要瞄准你。再说，咱们的子弹来之不易呀！"接着，指导员给战士们上政治课，讲述革命道理，董存瑞听得十分认真。经过这一仗，董存瑞和战士们加紧了训练。瞄准、投弹、拼刺刀、爆破，样样练得都很认真。

二

1945年8月15日，在中国人民和苏联红军的铁拳打击下，日本法西斯终于宣布投降。根据地军民尽情地欢庆抗战胜利，大家敲锣打鼓，一起演奏起各种乐器来。鼓乐声嘹亮悠扬，军民齐欢乐。临时组织起来的秧歌队兴奋地跳着，欢舞着。人们疯狂地跳着舞，赵连长和指导员兴奋地从乐队手中要过鼓槌，用力敲鼓打锣。董存瑞、郅振标和其他战士夹在群众中尽情地欢跳着。

突然，天空飞来几架国民党飞机，卑鄙的国民党空军要扔炸弹了。炸弹在人群中爆炸，人们惊慌地四处逃窜。

原来，在抗日战争中消极抗日的蒋介石为了篡夺胜利果实，趁着刚赶走日本帝国主义，悍然发动了内战。蒋军飞机疯狂地向解放区狂轰滥炸。一时间，群众妻离子散，流离失所。连长给大家做着战前动员大会，他泪水涟涟地说道："同志们，抗日烈士的鲜血还未干，我们打鬼子的枪膛还没凉，美帝国主义的走狗蒋介石，又向人民伸出了屠刀！"他带着大家宣誓道："对着那些失去了儿女的老人，对着那些失去了母亲的孤儿，我们宣誓！"战士们激昂地举

起拳头跟着宣誓："打败蒋匪军,解放全中国!"

愤怒的战士们给连部送来了请战书。董存瑞走进连部说:"报告,我们班长让我送来请战书,还有,这是我的党费!"指导员说道:"你的党费?可你现在还不是共产党员。""我早就该是了。"董存瑞很不服气。指导员启发地说:"当一个共产党员要具备入党条件啊,首先得看你对党的认识和对共产主义事业的忠诚!"不料,董存瑞说:"谁不知道,我四虎子早把自个交给革命了。"赵连长说:"可也得经过一定手续啊,回去写个入党申请书。""这个,带来了!"董存瑞把入党申请书拿了出来。赵连长一看,乐了:"我说四虎子,你真不简单啊!"

战斗打响后,赵连长率领七连战士坚守全营的前哨阵地。蒋匪军集中火力向七连阵地猛攻。阵地上硝烟弥漫,炮声隆隆。突然一颗炸弹落在电话线上,各班排与连部的通信中断了。敌人一窝蜂似的冲了上来,董存瑞焦急地对罗班长说:"敌人正集中兵力向七连阵地迂回!"罗班长让董存瑞尽快去请示连长。董存瑞着急地说:"班长,已经来不及请示了,咱们班应当马上出击,从东边绕到敌人的背后去支援。"

罗班长说:"不行!现在我们的任务是守住前哨阵地。"

董存瑞激动起来:"难道眼睁睁地看着七连阵地让敌人抢了去?"

其他战士也纷纷要求罗班长下命令出击。罗班长发火了:"住嘴！谁要再多说一句，我就要执行纪律。"

王海山冲着董存瑞说："我可提醒你，带头不服从命令，要考虑考虑你怎么入党！"

董存瑞激动地说："可是，革命战士不能见死不救！眼看着……"

争论间，匪军冲到了七连阵地前沿。罗班长刚站起指挥还击，就中弹负伤了。董存瑞见情况危急，大声喊道："一部分同志留在这儿守住阵地，郅振标、牛玉合、孙火光、刘玉林跟我来。"董存瑞绕到敌人的背后，带领战士架起机枪向敌人猛烈开火。敌人腹背受敌，立即败退下去。

这一仗，七连缴获了许多战利品。连部对这次战斗进行了认真总结。从包扎所出来，班长罗志英拉拉扯扯地把郅振标带到连部去了，他还吵吵嚷嚷地说要请求连部执行纪律。董存瑞气愤地说，我做的我担当，不要连累郅振标。于是，他撇下缴获的武器，头也不回地直奔连部。在连部里，董存瑞汇报了战斗的经过：我们在敌人背后迂回包抄，将冲向七连阵地的敌人消灭掉了，从而使七连阵地得以巩固。

罗班长认为董存瑞在战斗中不服从命令，建议给董存瑞以纪律处分。赵连长不同意罗班长的看法，说："董存瑞同志，由于你们主动地抓住了战机，巩固了七连阵地，为全团全歼敌人创造了条件，团首长命令给你们立功！"指导员给董存瑞挂上军功章："祝贺你双喜临门，党委会已经批准你入党了！希望你成为一个坚强的共产主义战士。"部队稍作休整后，不久又接到参加解放隆化的战斗命令，随即向隆化开拔。

三

隆化是承德的大门，蒋军在这里驻扎重兵把守，声称隆化"固若金汤"。骄傲的敌人在隆化中学校门两边的墙上写着："隆化城防，固若金汤。国军必胜，共军必败"。由此可以看出国民党军队的浅薄幼稚。除了校门口可以隐约显出"隆化中学"四个大字以外，现在谁也看不出这里原来是一所学校。学校的围墙上修起了一道道垛口，每隔二三十米就有一座碉堡；四个大炮楼，虎视眈眈地压在围墙的四角。墙外是较宽的外壕，两旁是横七竖八的铁丝网和大小碉堡。一座坚固的灰砖大桥，从校门横跨到壕沟外；大桥旁边又是一座横立的碉堡，而且四周不停地打出照明弹。

部队到达隆化的当晚，董存瑞、牛玉合、郅振标奉命潜入敌阵地前沿进行侦察。只见敌人的哨兵走来，他们从背后猛扑上去。敌哨兵吓得大声喊叫。这一喊，惊醒了碉堡里的敌人，碉堡响起了激烈的枪声。董存瑞摸出手榴弹，猛地投了出去。"轰"地一声响，引得敌人的大小碉堡一齐开火。董存瑞迅速地观察并记下了敌人火力点的数量、位置。侦察完毕，牛玉合和郅振标挟着敌哨兵往回撤。不料由于用力过度，竟把敌哨兵憋死了。

赵连长和指导员都已分别提升为营长和教导员。他们一块儿研究董存瑞侦察得来的情报，研究作战方案。教导员问董存瑞："根据你们的侦察，拿下隆化有什么困难？"牛玉合抢先回答说："咱们大炮一响，敌人的碉堡全垮。"教导员说道："可是，这次战斗我们没有大炮，上级决定把炮兵旅借给一师，集中火力轰击苔山，消灭敌人的制高点。我们营的任务是跟进攻苔山的部队同时发起攻击，不让一个敌人跑掉。""那我们全靠炸药包？"董存瑞问。"对！连续爆破，摧毁敌人的火力点。"赵营长答道。作战方案定下后，全营召开比武大会，选拔爆破队长。经过筛选，赵营长宣布说："我现在任命董存瑞同志为爆破队长，请董存瑞同志接旗！"

董存瑞接旗后，庄严地宣誓："一定坚决完成党交给我们的光荣任务，为打败蒋介石、建立新中国战斗到底！"接着，董存瑞宣布：牛玉合为突击组长，支援组长为郅振标，王海山为火力组长。战士们热烈鼓掌。董存瑞率领他的爆破队,摩拳擦掌,等候进攻的命令。

终于,攻击苔山的时间到了,大炮隆隆地
轰鸣起来。苔山成了一片火海,敌碉堡一个接一个地被炸塌了。

董存瑞向赵营长报告说:"突击隆化中学的爆破队队长待命出发!"不料,赵营长说:"我现在命令你们改作第二梯队!"董存瑞有点急了,赵营长说道:"别着急,好钢要使在刀刃上。"战斗激烈地进行着,爆破手将炸药包靠上敌碉堡,拉燃导火线,然后就翻滚了下去。"轰"的一声,敌碉堡被炸飞了。战士们立刻向隆化中学的敌人阵地发起冲锋。快接近敌人阵地时,未被炸坏的敌碉堡突然猛烈开火。冲在前面的战士纷纷被击中,冲锋受阻了。

赵营长给董存瑞下达命令说:"现在离总攻还有15分钟,我命令你率领第二梯队把敌人的碉堡全部炸掉!"董存瑞二话没说,拿起炸药包,率队出发了。他们冒着敌人的枪林弹雨,飞速地向敌碉堡冲去。为了掩护董存瑞他们,机枪队愤怒地对准敌碉堡的枪眼孔怒吼。董存瑞和郅振标终于冲到敌碉堡前,放上炸药包。董存瑞熟练地拉燃导火线,接着迅速往旁边一滚。"轰"的一声,敌碉堡爆炸了。离全团发起总攻时间还有5分钟,紧张注视着爆破队行动的赵营长和教导员不禁松了一口气。忽然,桥边的砖石纷纷落下,接着打开几个孔眼,从里面伸出几支机枪。原来这是敌人暗藏的火力点。桥堡里的敌人猛烈地射击着,刚刚发起的冲锋又被敌人的火力压下去了。

董存瑞命令战友说:"掩护我,把它炸掉!"说完,董存瑞抱起炸药包,一下子就冲了出去。董存瑞很快到达桥堡下面,桥下两边是笔直的石墙,炸药包无法靠上。董存瑞用枪柄猛砸石墙,坚硬的石块纹丝不动。这时,全团的总攻开始了。我军战士勇猛冲锋,但是,冲在前面的战士在桥堡前纷纷中弹倒下。赵营长焦急地拿起电话说:"赶快调苔山炮火支援!"

敌人的碉堡前,董存瑞、郅振标并肩匍匐前进。敌人的枪弹在他们身边飞落。突然,董存瑞的炸药架子被打断了,但是专注的董存瑞没有觉察到。郅振标也受了伤,但是他不顾流着血的胳膊继续前进。看到自己的好朋友受伤,仍然要坚持完成任务,董存瑞非常感动,他扶着郅振标望着前面的敌人火力十足的桥头堡。这时,郅振标紧张地说,炸药架子不见了。董存瑞全身为之一惊。他怀着视死如归的神色说道,掩护我,打手榴弹。说罢,他愤然扔出手榴

弹，郅振标紧跟着也扔出几个。他在烟雾中夹着炸药包向桥底冲去。桥头堡在他的头顶不停地吐着火舌。董存瑞停在桥下，将炸药包往上放，可是够不着；往下放，又离桥太远了，炸不着；往河堤上贴，又贴不住。最后，他着急地用冲锋枪敲打着河堤，想在高处打出一个能放炸药包的地方来。郅振标在一旁焦急地看着他。赵营长焦急地看着表，指针指向三点三十分。突然，冲锋号吹响了，四面八方的冲锋号吹响了。战士们纷纷跳出阵地，向隆化中学冲去。但是桥头堡敌人猛烈地射击着子弹，一排排冲在前边的战士们倒下去了，又一批战士们冲了

上来。董存瑞抬头望着桥顶，愤怒地锁着双眉，瞪着烁烁发光的双目，猛地看了一下抱在怀里的炸药包，竖起锋利的剑眉，毅然地用手托起炸药包，举到桥顶，拉开了导火索。郅振标望着桥底泪如雨下，他不停地喊着董存瑞的小名"四虎子"，不禁失声痛哭起来。

此时，董存瑞用力托举着炸药包，导火索急速地向上燃烧着。他紧闭双眼，从他面颊燃过的导火索，照亮了他那张坚毅的面孔和胸前那枚纪念章。冲锋号更响了，四面八方的喊杀声惊天动地。董

存瑞精神焕发地托着炸药包，高声呼喊着："为了新中国！前进！"震天动地的爆炸声中，巨大的桥头堡飞上天空。赵营长含着眼泪高喊着："为了新中国……"指导员含着眼泪高喊着："前进！"

红旗在前进，越过桥头堡，越过学校的围墙。郅振标手持着红旗，泪水满面，奋不顾身地忘我地向前冲杀着。红旗终于插上了隆化中学的学校顶楼上。郅振标在楼顶站立着，像一尊雕塑一般。在红旗飞舞的晴空下，郅振标泪痕连连，他回忆起和董存瑞在一起的那些美好岁月：董存瑞向他高喊着"蘑菇"时的情景；董存瑞向王平同志谈起自己理想的情景；董存瑞从烈火中救出小姑娘的情景；董存瑞跃出阵地支援友邻部队的情景；董存瑞投掷手榴弹掩护同志们撤退的情景；董存瑞高举炸药包高喊"为了新中国，前进"时的情景……泪水顺着他的脸颊，落在地上，更深深地印在他的心里。

"为了新中国，前进！"

影评选粹

真实再现·画面流畅

导演并没有把主人公理想化，使他离开自己所处的环境成为一个"超人"；也没有拘泥于真人真事，不加选择地把主人公的经历平铺直叙，而是进行高度概括和挖掘，把能体现英雄性格的最富有戏剧性的生活描绘出来。

从剧作方面看，影片敢于大胆揭示矛盾。影片通过董存瑞与赵连长"蘑菇"失败后的苦恼心情、"摔跤"场不服输的心情、发现子弹不够用之后的气愤心情、第一仗打下来之后的惭愧心情……展示了董存瑞复杂而矛盾的心理。正是通过这些日常生活中平凡的举动和激烈的火与血、生与死的关键时刻——两种状态的对比，展现了董存瑞的性格和英雄品质。

  导演抓住电影善于表现运动的特点,注意到人物的运动、人物与背景的运动,从而构成了画面行云流水般的立体感。影片通过渐隐渐显,将整部电影分割成几大部分。

  影片末尾,赵营长快速闪回几个记忆片段:董存瑞向赵连长要求参军;董存瑞和郅振标发现王平同志后的窘态;董存瑞和郅振标在队伍中兴奋地走着。这一切既是赵营长的闪回,又是给董存瑞的成长做了历史性的总结。导演通过这些闪回的画面,引起观众的共鸣,从而突显了董存瑞的伟大。

精彩回放

　　导演在拍董存瑞舍身炸碉堡的这一场戏里，极有层次地把董存瑞的思想活动淋漓尽致地展示出来：他同郅振标抱着炸药包冲到敌堡附近，看到敌人机枪的火舌不断吞噬着我军战士，愤怒难抑，便让郅振标掩护，自己带着炸药包奔到桥下，他想把炸药包往上放，但是却够不到，往下放离桥太高，想在壕墙砸个洞，却不能砸开。这时响起了冲锋号，他"愤怒地锁着双眉，瞪着烁烁发光的双目，猛地看了一下抱在怀里的炸药包，竖起锋利的剑眉，毅然地用手托起炸药包，举到桥顶，拉开了导火索"。

　　董存瑞瞬间惊心动魄的一托，托出了军人忠于党、忠于国的仰天长啸、悲壮激烈的大无畏勇敢精神；托出了军人战友情浓于血的眷恋情愫；托出了军人无私奉献、英勇献身的报国忠魂；托出了军人的博大胸怀与巍峨高大之浩气长存；托出了军人渴望和平、反对战争的国际主义博爱精神。

党的女儿

> 小妞,别哭,要听妈妈的话,听见了没有?听见了没有?
> ——玉梅借着给女儿讲话,暗示小程注意隐蔽

影片档案

出品:长春电影制片厂
编剧:林 杉
导演:林 农
摄影:王启民
美术:刘学尧
主演:田 华 陈 戈 李 林

荣誉成就

1958年，在《北京日报》《北京晚报》、北京人民广播电台联合组织的"最受欢迎的国产片"评比中，《党的女儿》获选票11 152张，名列榜首。时任文化部部长、全国作协主席的茅盾为此专门题词以示祝贺：

《党的女儿》是一部好影片。它成功地塑造了党所培养和教育出来的坚强的党员形象。这些忠贞的党员都是有个性的活生生的人物；它出色地描写了李玉梅的忠贞、勇敢和机智，给观众以学习的典范；它用简练的手法表现了白匪的疯狂残暴，然而有力地描写了群众并没有被吓倒，群众锻炼得更坚强了，更迫切地要求党来领导他们了……

影片史料

故事发生在土地革命战争时期中国共产党领导的革命根据地之一，位于江西南部、福建西部，由赣南、闽西两块苏区合成。1929

年初毛泽东、朱德等率领红四军主力到达赣南、闽西。9月，赣南、闽西两块苏区连成一片。11月，在江西瑞金成立中华苏维埃共和国临时中央政府，毛泽东任主席。至此，以瑞金为中心的中央苏区正式形成。

1933年初，以博古为首的中共临时中央由上海迁入中央苏区。由于王明"左"倾冒险主义路线的错误领导，红一方面军未能粉碎国民党军的第五次"围剿"，被迫于1934年10月突围长征。

剧情故事

一

剧场大厅的观众席上，坐着的全是中国人民解放军的高级军官们。报幕人用清脆响亮的声音喊道："下一个节目，江西兴国山歌，演唱者……"报幕人还没有来得及介绍出演唱者的姓名，场子里就爆发出一阵暴风雨似的掌声。王杰将军一面鼓掌，一面和邻座的一位军官说着悄悄话。舞台上，打扮成江西老区妇女模样的女演员在放声歌唱。她那高亢而嘹亮的歌声把整个场子都镇住了：

哎呀来！

炮火声来战号声，

唱支山歌你们听，

快与敌人决死战，

红军哥，打到抚州南昌城。

哎呀来！

扩大百万铁红军，

红军勇敢有名声，

五次"围剿"快粉碎，

红军哥，百万草鞋送你们。

大厅里的将军们都沉浸在歌声里。王杰将军戴上眼镜，仔细地打量着台上的女演员。这优美的歌声勾起了他的思念，他的思绪飞回到 22 年前……

王杰站在路上，身后传来一声喊叫"爸爸"的声音。他回头一看，妻子李玉梅背着女儿小妞从桥上走了过来。一些前来送别亲人的群众也在后面跟了过来。小妞像个小燕子似的从李玉梅的背上飞扑到王杰的怀里，高兴地搂着爸爸的脖子，好像怕松手之后爸爸就会跑了似的。

王杰告诉李玉梅，部队正在急行军，不能多停留。李玉梅明白他的处境，于是取出一双新鞋交给丈夫，并且对他说："听人说，这次你们得走好长的路，而且三五年都见不上面。你得告诉我，我心里好有个底。"说着，她眼中溢满了泪花。

王杰站住说道："我真的不知道，也许只要三年五年，也许得十年八年。不管困难到什么地步，你也要坚持革命斗争。"说着，从军装口袋里掏出一个小布包，打开布包，露出了两块雪亮的银元，王杰把它递给妻子。

李玉梅知道这是三年前王杰参军的时候自己给他的。想到这里，她感觉到一阵欣慰，她嗔怪着说，都三年了，你还留着。快收起来，留着路上用吧。可是，王杰不由分说地将银元放在她的手掌心……

一阵掌声把王杰从梦一样的回忆里唤醒，他茫然抬头望去，看见舞台上那位唱歌的姑娘已经退向台后去了。他的心情久久不能平静，于是他站起身，向剧场后台走去。走进了剧场休息室后，他在"观众止步"的牌子前停了下来。过了一会儿，通往后台的门打开了，从里面走出三四个年轻演员，走在后面的就是刚才那个表演兴国山歌的女孩子，不过她现在已经换上军装了。

王杰一下子愣住了，他不由得把自己的目光凝聚在这个姑娘的脸上。长得太像妻子李玉梅了，简直就是一个模子里刻出来的。这时，姑娘也注意到了王杰，她不自觉地停住了脚步。王杰激动地站起来问姑娘是不是江西兴国县的。姑娘说自己是瑞金的。王杰高兴地说道："咱们还是老乡呐。"原来王杰也是姑娘的家乡——瑞金二区桃花乡的。姑娘一听，高兴地问他认不认识王杰。原来这个姑娘就是王杰的女儿——小妞。谁也没有想到，他们父女能在这里相遇。王杰激动地问她母亲的情况，小妞强忍着悲痛，将母亲牺牲的经过讲给父亲。

1934年秋天，红军撤走后，县委与游击队被迫撤到东山。从那时候起，瑞金就处于白色恐怖之中了。在叛徒马家辉的指认下，李玉梅和村支书在内的桃花乡的八个共产党员被逮捕，国民党军官指挥着机枪手准备行刑。村支部书记高喊着"拥护苏维埃"，其他人也跟着高喊"共产党万岁！""武装维护苏维埃"等口号。由于被他们斗志昂扬的激情所震慑，国民党的机枪手不敢正视面前的八个人，他闭着眼睛，用战战兢兢的手指扣动了扳机。

枪声响过之后，桃花乡的八个英雄共产党员在口号声中倒下了。北风呼呼地刮着，狂风卷起地面的枯枝烂叶，将其高高地抛向天空，好似上天也为这些死去的英灵抛洒热泪，向世人控诉国民党暴徒那惨绝人寰的屠戮。就在这时，倒在古墓旁边的李玉梅突然动了一下，她慢慢睁开了眼睛，用力支起身子。还没等她完全恢复意识，就听到远处传来一阵呻吟，是支部书记的声音。李玉梅拖着受伤的身体，来到支部书记的身边。支部书记睁开眼睛，无力地说道："玉梅，告诉党……有叛徒！武阳镇……油铺里，找区委书记……"没等说完，他就闭上了眼睛。李玉梅趴在他的身边泣不成声。

武阳镇孙主任办公室，孙主任站在地图前问马家辉，游击队在东山的什么地方活动。马家辉得意地说，自己在东山打过游击，非常艰苦。让他们三个月吃不上盐就不剿自灭了！这时候，一个青年军官报告孙主任说，桃花乡有一条女共产党的尸首失踪。马家辉惊慌失措，孙主任更是严令一定要把尸首找回来。

二

　　漆黑的夜色笼罩着大地，各个村落呈现出一派浩劫过后的凄凉景象。李玉梅从古墓场中偷偷跑了出来，趁着夜色回到村里找到女儿小妞，带着小妞向她二姐家跑去。她摸黑从院墙的豁口处进到后门，使劲地敲了起来。二姐打开一条门缝，看到站在门外的李玉梅与小妞，连忙将她母女二人拉进屋去。

　　李玉梅告诉二姐，自己没有地方可去，想在她家里住下。二姐答应了，可是要求她哪儿也不能去。李玉梅独自一个人趴在二姐家阁楼上一处破烂的墙脚下，手拿一把剪刀，在砖缝里费力地抠着。她轻轻抽出一块砖来，又从衣襟里急急掏出自己的党证，将王杰留给自己的两块雪亮的银元夹到党证里，这才将其塞进阁楼的墙缝中。她像是不太放心，又在外面盖上一顶破斗笠。

　　李玉梅走下阁楼，看见二姐的孩子跟小妞在厅堂里玩。她瞅准了一个机会轻轻打开大门，走出去了。玉梅低着头，走在村边的一条小河旁边。迎面走来一个担水的女子，她担着水桶从玉梅身边擦过，两人相互照了一面。玉梅认出她来，低低喊了一声："秀英！"秀英装作没有听见，担着水桶冷着脸从她身边走过。玉梅感到有些纳闷，她不知道为什么平时见面亲热的秀英，今天怎么这么冷淡。但是时间仓促，容不得她多想，她只得将这个疑问埋在心底，匆匆上武阳镇去了。

　　黄昏时分，李玉梅来到了武阳镇。镇上，街面冷落，行人稀少。玉梅来到镇子的另一条街面上，这里的行人更加稀少了。她在一家已经歇业的油铺门前停下脚步，向左右略略环顾一下，便上前轻轻推开了铺子的板门，迅速走了进去。铺子里黑糊糊的，看不见一个人影。玉梅摸索着向前走去。当她来到了铺子的后院时，马家辉从屋里走了出来。

马家辉看到了李玉梅，显然吃了一惊，随即又恢复了平静，他轻声喊着："玉梅！"

"老马同志！"李玉梅看到马家辉，很是高兴，热情地大声喊着。

马家辉将玉梅让进屋里，并给她倒了一碗水。李玉梅将自己死里逃生的经过毫无保留地告诉给马家辉。她告诉马家辉，桃花乡的党员都死了，他们死的时候都很勇敢，玉梅的泪珠在眼眶里滚动。马家辉假惺惺地表示非常难过。玉梅接着告诉他："支书临死前告诉我，要我向党报告有叛徒。"

当听到这个消息的时候，马家辉心头微微一震，但狡猾的他又恢复了平静，他转过脸来问玉梅，知道不知道是谁。李玉梅无奈地摇了摇头。这时，马家辉的妻子桂英披头散发地出现在门口。桂英上前一把抱住玉梅，伏在她的肩头呜呜地哭了起来。马家辉急忙跑过来想把桂英拉走。桂英挣扎着，对玉梅大喊道："快走，我们都叛变了，他向敌人交出了全区的党员名单！"

玉梅现在终于明白了一切。她朝马家辉看了一下，愤怒得全身发抖，拍着桌子喊道："马家辉，叛徒是革命最可恶的敌人。你忘记了，我没有忘记。你说吧，你准备把我怎么样？"

马家辉冷冷地说："好，既然摊开了，那我就明白告诉你，你出不去了！"

李玉梅愤怒地朝马家辉扑过去，给了马家辉重重的一个耳光，趁着这个卑鄙的叛徒用手捂脸的机会，她伸手去拔门闩。马家辉赶紧上前阻止，于是，两个人争夺起门闩来。

就在这时，桂英从后面冲过来拦腰抱住了马家辉，冲着玉梅大喊"快走"。玉梅迟疑了一下，急忙拉开门闩飞也似的跑了出去。马家辉用力推开桂英，急忙奔到门口，桂英却一下子牢牢抱住他的腿，气急败坏的马家辉掏出手枪，毫无人性地连开两枪，将妻子打死了。

玉梅连忙跑出杂货铺的后院,趁着夜色沿着小巷朝城外走去。这时摆脱桂英纠缠的马家辉从后面追了上来,于是玉梅赶紧钻进一处草丛中。马家辉在玉梅藏身的草丛前的破草棚前看了看,无奈地走了。确定马家辉走远之后,玉梅才轻轻地从草丛间钻了出来,沿着田间的小路狂奔而去。岂料,倾盆大雨兜头而下,李玉梅一边跑,一边警惕地朝后看看,以防有人跟踪。确认没人跟踪后,她才放心地回到二姐家。

回到家里之后,她一边脱下淋湿的衣服,一边告诉二姐自己要上东山。二姐没有说话,转身出门,顺手将门锁上,把李玉梅锁在了屋里。玉梅跑到门口,着急地叫门,但是二姐毫不理会。

东山山坳的隐蔽处,同志们都休息了,魏政委一边编着草鞋,一边想着小程这次带回来的消息。他总觉得有些地方不太对劲,但是又想不清楚到底是什么对方不对劲,于是他又将二区马家辉的信取出来,上面写着:魏政委,大批粮食和盐,于明日晚运到西山坳,需全体游击队出动搬运。他一边看着信,一边自言自语地说道:"真奇怪,马家辉明明知道西山坳地形不好,为什么一定要叫我们队伍转移到那儿去?"他心神不宁地站起身来,叫醒小程,说道:"你到山底下再去跟马家辉同志联系一下,要他把盐和粮食送到东王庄。"

李玉梅没料到二姐会把她锁在屋子里,心里非常着急。等到二姐出门,她把二姐的儿子——土生叫到跟前,说服土生帮她把门打开。土生带着玉梅冒着大雨,来到了秀英家。她抬手敲门,低低地喊道:"秀英。"随着一声呼唤,墙角边上那扇木窗打开了。

秀英站在窗前看着李玉梅,一脸警惕地问道"你来干什么?"玉梅恳求着说道:"你让我进屋里去。秀英,我马上要到东山去,想把叛徒的事赶紧报告魏政委,路上想跟你做个伴……"没等她说完,秀英就冷冷地拒绝道:"我不去东山!"随后"叭"的一声关上了木窗。

三

第二天清晨，天刚蒙蒙亮，二姐给玉梅送饭。玉梅拉住二姐，对她说道："二姐，你妹妹是个党员，我离开了党，就像一个人丢了魂似的，一天也不自在。我有要紧事去向党汇报，一天也不能耽误！"听到这话，二姐犹豫了一下，心软了下来，说道："你就不能避过这一阵风头吗？最近山上都是国民党军队……"本想继续劝说，但当她看到玉梅坚定的眼神，只好同意妹妹去东山，并答应帮妹妹乔装打扮一番。

玉梅挎着包袱，急匆匆地向东山赶去。她刚走到一座拱桥旁边，就听见身后传来一阵杂乱的马蹄声，只见一队队国民党士兵疾驰而过。她连忙躲到桥底下，避过了国民党骑兵。但危险并没有解除，东山山脚下的路口处，国民党士兵设置了路卡，正在盘查过往的行人。看到这个情景，玉梅只好放弃从大路上行走的计划，决定绕到山后，翻过山梁，直接走到大山深处去。

小程满头大汗地跑在曲折不平的山路上。突然，他发现山崖下有个人影，他急忙警惕地躲到一块岩石背后。小程躲在石头后面，小心翼翼地向人影方向看去，觉得这个身影十分熟悉，但等他想再仔细看看时，人已经拐进另一条小道上去了。小程不禁自语道："真像李玉梅，可她不是死了吗？"他疑惑地拍打着脑袋，便又急匆匆地向山下赶去。

夜幕降临了，清冷的月光映照在群山顶上，附近不时传来一阵阵狼群的叫声。李玉梅感到有些害怕，急忙钻进一个山洞。谁知，山洞里竟有个人影在晃动。李玉梅借着洞内的光线望过去，望了一会儿，她内心一惊——竟然是秀英。

这时秀英也认出了玉梅，可她非但没有高兴，反而带着掩饰不住的怒意说道:"你老跟着我干什么?你以为红军回不来了?你以为你丈夫回不来了?你想的倒好!哼!等王杰回来了,我看你有什么脸见他!你不如就在这块石岩上碰死!"

玉梅眼泪扑簌簌地落了下来,她没想到秀英误会得这么深。她哽咽地解释道:"我求求你不要再骂我了,我没有叛变革命,我不是叛徒!区委书记马家辉才是叛徒。"玉梅怕秀英不相信自己,走上前去亲热地拉起秀英的手。秀英一直盯着玉梅的脸,犹豫了一下,最终还是把自己的手交给了玉梅。

屋里,小程正在给马家辉传达魏政委的意见。他告诉马家辉,魏政委让他把粮食和盐运到东王庄,游击队会去那里接应。马家辉故作为难地说:"时间太仓促了,我来不及布置呀!"他继续在地上踱了两步,转过身来又说:"行,我多想一些办法吧。可你们队伍一定要按时到达!告诉魏政委,游击队要全部出动,人少了运不完。"小程点头表示一定会向魏政委将建议转达过去。

第二天,玉梅和秀英两人走到一个怪石嶙峋的山头上四处张望。正茫然间,秀英发觉一个人影从石坡上艰难地爬上来。秀英仔细一看,才发现是慧珍。原来他们村里把挂在外边的党员们的尸体收了回来。国民党来追查,要把全村房子烧掉,慧珍的公公勇敢地站出来一个人承担了责任。惨遭国民党反动派的杀害,慧珍逃了出来。三人在此相遇后,便商量一起结伴"回娘家"去。

魏政委率领的游击队急急地朝前行进着。战士中有不少人病了,有的躺在担架上,有的扶杖而行……这时,小程从密林中大步走了出来,魏政委立刻迎上前去:"情况怎么样?要再弄不到盐吃,战士们的身体就要垮了。"听完小程的汇报,魏政委回头对一个队员说:"你带一个班的士兵去走一趟。"明明马家辉是让游击队全体出动,为什么政委只派一个班去?小程非常不解,但是也不好说什么。

过了一会儿,小程告诉魏政委,他好像看到李玉梅了,但是由于自己有任务,所以没有询问。这时,一队国民党骑兵从山路上过来了,游击队员们在魏政委的带领下悄无声息地隐蔽在密林中。在一个山路的分岔口处,一个国民党士兵捡到了一双草鞋。国民党军官判断游击队没有跑远,下令朝岔路方向奋力追击而去。

此时,玉梅她们几个人在路上吃力地走着。她们听到马蹄声,以为是游击队来了,忙追赶在后边齐声高喊:"游击队——游击队!"国民党军官听到喊声,回过身来,从望远镜中看到三个女人朝这里张望,他断定这三个人肯定与游击队有关系,便命令手下将这三个女人抓回来。

玉梅她们三人仔细一看,才发现是国民党军队,急忙沿着小路向山崖后面跑去。眼看着国民党军队越来越近,玉梅赶紧带领着秀英和慧珍从山崖上滑下去,躲到一个山洞里。经过搜查,不仅没有找到游击队的踪影,就连三个女人的身影也没找到,国民党军官感到非常恼怒,竟命令放火烧山,准备将玉梅她们三人烧死在山上。

大火迅速地在林子里烧了起来,看着火越烧越旺,国民党骑兵才撤下山去。确信敌人走远之后,玉梅她们三人才从山洞里出来,一时间大家都不知道怎么办。这时,玉梅想起王杰临走时给自己交代的事情:千万要记住,一个党员,不管遇到多大困难,都要坚持革命斗争。于是,她对秀英、慧珍说道:"我们三个人编成一个党小组吧!这样我们即使一时半会找不到党组织,也可以自己坚持开展革命工作。"秀英和慧珍听后表示同意,并一致推选玉梅为小组长。

八角坳村前边的打谷场上围着许多群众,他们默默地在尸体面前焚烧纸做的银锭。一堆堆纸银锭燃烧起来,形成了一个半圆的光圈。火光映照着人群,在地上投下深深的阴影。人影不安地晃动着,像是在诉说着悲伤与愤怒。

有人发现玉梅她们进村来,打谷场上立刻骚动起来,秀英的爷爷代表全村的父老乡亲找到玉梅,告诉她:"二七十四天了,党员们的尸体还挂在村边打谷场上,我们全村群众宁肯让敌人把八角坳烧光,也要把党员的尸体安葬!"在场的群众也纷纷响应,说要将党员们的尸体运回来安葬。

　　面对大家提出的要求,玉梅无言以对。她自己还在寻找党组织,又怎么能代表党组织做这个艰难的决策。但是看到大家殷切的眼神时,她不得不痛下决心,给父老乡亲做一次主心骨。于是,她立即召集秀英和慧珍开了一次紧急会议,举手表决八角坳村群众安葬牺牲党员的要求。最终,她们临时组建的党小组一致同意支持八角坳群众的要求。

　　夜晚,八角坳村的村民们在玉梅、秀英和慧珍的带领下,用木板抬着党员的尸体奔向野外。在那里,他们为牺牲的党员修建了墓穴,让这些英勇牺牲的党员们入土为安。为了防止国民党反动派得知这件事后进行报复,村民们安葬完牺牲的党员后,忙收拾东西,准备搬家。

　　另一方面,孙主任接到八角坳村的村民把共产党烈士的尸体掩埋了的报告。马家辉知道后感到非常紧张,孙主任却恶狠狠地说:"还是要继续镇压,对这个地方的人不能有半点仁慈,烧光了再看看情况。"马家辉劝阻道:"我建议暂时不要动手,看看里面究竟有什么文章。如果水底的确有鱼,水面上就一定要冒出水泡来!"孙主任同意了他的建议,暂时没有对八角坳进行残酷镇压。

　　敌人并没有像计划中想象的那样对八角坳村进行残酷镇压,这让玉梅他们依稀看到了希望的曙光。夜深了,玉梅久久不能入睡。即使在梦中,她仍然想着寻找党组织的事情。恍惚中,她看到丈夫王杰和魏政委向自己走来,她急忙迎上前去。突然,马家辉出现在她面前,玉梅气愤地骂道:"叛徒!"马家辉笑着从口袋中掏出一支枪,对准玉梅开了一枪。

　　玉梅"啊"的一声从梦中惊醒,还没等她平复心情,就听到门外传来了轻轻的敲门声。原来是小程在门外敲门。自从小程那次遇到玉梅之后,魏政委就决定把这个事情弄清楚,所以这次特地派小程前来玉梅的二姐家了解情况。二姐见门外的陌生人开口就打听玉梅的情况,以为是国民党的密探,便一口咬定不认识玉梅,并不由分说地将小程推到门外。玉梅听到小程的声音,赶紧出来一看,果真是游击队的交通员——小程。玉梅非常高兴,她终于找到组织了!

小程从裤腿里拿出魏政委的信,魏政委在信上告诉她,希望她能努力恢复各村已遭破坏的党组织,并且继续坚持革命斗争。玉梅将马家辉叛变的消息告诉给小程,小程难过地说:"正是这个坏蛋,使我们损失了一个班的同志。"

玉梅从砖缝中取出那两块银元,要交给小程以补交自己前四个月拖欠的党费。小程表示,魏政委没有指示,自己没办法接受。于是玉梅说:"那就买些实用的东西吧!"

第二天早晨,玉梅赶紧将这个好消息告诉给秀英和慧珍,她们三个人高兴得抱在一起笑了起来。乔装成乞丐的马家辉躲藏在八角坳村,他认出玉梅之后,连忙回去告诉孙主任。孙主任连忙布置士兵连夜出发,包围八角坳,准备将玉梅她们一网打尽。

四

这天,秀英急匆匆地跑到玉梅家,告诉她国民党已经包围了村子。一旁的小程掏出枪要冲出去要拼命。玉梅一把将他拉了回来,告诉他:"按照地下工作纪律,你得听我的。"她将小程推上阁楼,然后把梯子扔在一边。她告诉小程自己的党费在墙缝中夹着,并且嘱咐小程把小妞带走,交给她爸爸。

这时,孙主任带着国民党军队破门而入。为了掩护小程,玉梅从容地走了出来。孙主任望了一下阁楼,命令手下搜查一下。玉梅机智地指着两筐咸菜说:"我的党费在这儿。"那个国民党士兵赶紧过去察看，当看到只是普通咸菜，没什么油水时，又继续往阁楼上爬去。眼看小程就要暴露了，玉梅猛然向门口冲去，一群国民党士兵忙冲过去要抓玉梅，那个爬梯子的士兵也赶紧从梯子上跳了下来。

小妞看着妈妈被抓了起来，吓得边哭边向门口跑去，结果被一个国民党士兵推倒在地。藏在楼上的小程实在看不下去了，他从席子底下抬起身子，举起盒子枪……他身下的破席片发出轻微的响声。玉梅吃惊地望了一眼阁楼，看着从地上爬起来的女儿，大声地喊道："小妞，别哭，要听妈妈的话，听见了没有？听见了没有？"玉梅又严厉地重复了一遍，像是在严厉地提醒着什么人。

躲在阁楼上的小程满脸热泪，他忍住自己的悲痛，将枪收了起来。玉梅挣脱士兵，想往外面跑。孙主任急忙上前阻拦，玉梅在他脸上狠狠地抓了一把，向门外跑去。

玉梅为了不使小程和乡亲们受国民党反动派军队的骚扰迫害，她故意沿着村子里的街道跑着，果然吸引了一大群国民党士兵朝着她追赶过来。等国民党士兵一出屋，小程迅速地从阁楼上下来。他肩上挑着两只竹筐，一头挑着小妞，一头挑着玉梅她们为游击队准备的咸菜，向山里走去。

八角坳村里的街道上，国民党反动派押着被五花大绑的玉梅向村口走去。她傲然地蔑视着押解自己的国民党士兵，仰首挺胸地迈着大步向前走去，从容地走向法场。她没能听到自己的女儿坐在小程的竹筐里声嘶力竭地哭喊，呼唤着"妈妈！"

剧场休息室内，当王杰听完妻子李玉梅的牺牲过程，心里异常难过。他紧锁着双眉，泪水不自觉地从眼眶中流了出来。他拉着小妞的手，问她怎么长大的。小妞告诉爸爸，"自己被程叔叔带出来后，先寄养在一个老乡家里，然后又被带到新四军，程叔叔让我到文工团学唱歌跳舞。他告诉我，总有一天您会看到我的演出的。可惜，程叔叔在皖南事变中牺牲了。"

小妞从衣兜里掏出妈妈的党员证，递到王杰手中。王杰捧着李玉梅的党员证，眼泪又不由自主地流了下来。他用颤抖的手打开妻子的党员证，里面仍夹着自己离开家乡时留给她的两块银元。王杰心情一时难以平复，激动地告诉小妞：你妈妈是我们党的好女儿！二十多年了，我们有多少同志为了革命抛头颅，洒热血。他们为了共和国的建立做出了巨大的牺牲。我们要牢记他们的这种精神。

影评选粹

平行发展·跌宕起伏

本片以王杰将军和女儿的相认为线索，推动故事的发展。对于李玉梅牺牲过程的诉说则是按照"顺时针"方向发展。影片中的一条线索以找党、找游击队为主，另一条线索以国民党军队和叛徒马家辉破坏地下党组织为主线。两条线索平行发展，结构上有条不紊，情节上紧张惊险。导演在描写叛徒马家辉的阴谋活动以及白色恐怖的场面不仅没有给观众带来阴森沮丧的感觉，反而在这些情节处激发了群众爱憎分明的正义感。

导演林农从刻画人物性格入手，安排了既有时代意义，又富有戏剧性、很能吸引人的事件，构成了生动的情节。比如影片开始，就是让观众感动惊喜的父女相认，接着，影片以倒叙的手法，把故事情节拉回解放前的兴国革命老区，李玉梅被绑赴刑场。正当观众为主人公的命运提心吊胆时，她却死里逃生。导演采用"意外"这个剧作手法，以一个偶然事件让观众松口气，从而为影片跌宕起伏的发展打下良好的基础。

在接下来的情节发展中，李玉梅作为主要人物，承担起推进剧情发展的关键因素。在找党组织、发现叛徒、寻找游击队等过程中，

她面临着一个又一个考验,正是这一波未平一波又起的情节发展,使观众的心紧紧地和主人公的命运关联在一起。导演正是通过这一个个激动人心的事件,充分地刻画了主人公性格的成长,展示了她的党性逐步在深化,从而使影片的主题思想体现得更加鲜明。

精彩回放

李玉梅舍身救小程的一场戏,是非常激动人心的:在敌人将要上楼找到小程的危急关头,李玉梅急中生智,她为了转移敌人的注意力,箭一般地冲出门去。在这场戏中,田华拿捏得非常到位。

为了表现一位机智勇敢的共产党员,田华非常注重动作的协调。她扮演的李玉梅假装劝告女儿不要哭,实际上却是说给小程听:"小妞,别哭,要听妈妈的话,听见了没有?"正是她这一聪明的暗示,从而巧妙地将信息传递给小程。正是她牺牲自我,小程才得救。她忘我的勇敢精神催人泪下。

赵一曼

《赵一曼》在印度放映后,受到印度人民的热烈欢迎,看过这部影片的人都深深受到感动。印度艺术家们认为:"《赵一曼》这部片子对反侵略战争有伟大的贡献,它鼓舞人民反对侵略战争的罪恶。"

——1951年5月《新华月报》报道

影片档案

出品:东北电影制片厂

编剧:于　敏

导演:沙　蒙

摄影:包　杰

主演:石联星　张　平　张　莹

荣誉成就

影片上映后，引起强烈反响。它鼓舞人民反对侵略战争的罪恶，对反对侵略战争具有伟大的贡献。因此，影片在中国电影史上有着举足轻重的影响和作用。石联星因成功塑造赵一曼这一艺术形象，荣获1950年第五届卡罗维发利国际电影节的最佳女演员奖。

影片史料

九一八事变爆发后，由于国民党政府奉行"不抵抗"政策，到1932年2月，日本侵略军侵占中国的东北三省，并于3月扶植成立了以溥仪为首的伪满洲国傀儡政权，对东北人民实行野蛮的殖民统治。在民族危亡的危急关头，东北人民和爱国武装在各地组成抗日义勇军，展开对日作战，从此，揭开了东北抗日游击战争的序幕。

1933年1月，日寇侵占山海关，开始了侵略华北乃至"瓜分中国的新阶段"。1月26日，中共中央驻共产国际代表团以中共中央的名义，发出《给满洲各级党部及全体党员的信——论满洲的状况和我们党的任务》，提出了党在东北的策略方针和斗争任务。

1933年10月，中共珠河县委领导成立了东北反日游击队，队长赵尚志，共13人，活动于哈尔滨东部一带。1935年1月8日，东北反日游击队哈东支队在珠河扩编为东北人民革命军第3军，军长赵尚志。12月，赵尚志率主力北上汤原地区，开辟新的游击区；留在珠河老区的第2、3团坚持游击战争。11月，第二团团长王惠同、政治部主任赵一曼负伤被俘，后英勇就义。

剧情故事

一

1933年，哈尔滨的街道上车水马龙，熙熙攘攘。街道中心的电车站台上，市民们整齐地排成行列，等待正从远处驶来的电车。

电车到站了，站在前面的老妇人刚要上车。突然，一只大手猛伸了过来，把老太太一把拽了下来。老太太一个趔趄，跌到后边一个青年的怀里。售票员张强见又是邢长腿和那几个日特，便奋力拦住车门，怒视着他们。

"你们为啥总是乱挤，把老太太摔坏咋办？"张强愤怒地问道。

日特听后大怒，二话不说，上去就是一拳，一下子把张强打倒在地。一身西装打扮的赵一曼从乘客中站起来，怒目看着这种暴行。她竭力克制着自己的愤恨，过来为张强包扎。忽然，司机王友侠抓起开电车的摇把子，用力向日特打去。日特被这意外的反抗吓坏了，他急向后退，没想到被月台绊了一跤，仰面跌在雨后的积水洼里，积水飞溅，引得周围人一阵哄笑。

恼羞不已的日特忙从身上拔出手枪,但没等瞄准,就被王友侠抓住了手腕,"砰"的一声,枪口向天空发了一枪。

十多个伪警察听到枪声后,举枪跑了过来,把王友侠包围了。接着,拳头和枪托铺天盖地砸向王友侠,鲜血止不住地从他的头上流下来。

市民纷纷下电车,将伪警团团围住,大声怒喊:"放开,放开,随便打人可不行!"

邢长腿和伪警用枪托子打开一条道,两个日特抓住王友侠的两臂,把他拖进了伪警察局。电车工人和市民蜂拥着挤上台阶,向伪警怒喊道:"你们要是还有一点点中国人味,就把人给放出来!"

伪警用刺刀顶住大伙,厉声呵斥道:"我们也不能做主。快散开,不然就开枪!"

赵一曼考虑到大家这样闹下去会吃亏,便让张强把群众劝开了。

远处的大铁桥上一列火车急速行驶着,汽笛发出尖厉的鸣声。赵一曼凭栏伫立,淡漠地望着眼前的景物,并暗暗注意来往的行人。这时,走来一名少妇。她就是省委交通员刘同志。这次,她向赵一曼传达了省委的指示。省委得知日本人正从北边调兵过来,考虑到赵一曼和老曹的安全,想让他们在必要的时候转移。可赵一曼不同意,她说:"必要的时候,我们下乡打游击。东北的老百姓正置身于苦海里,怎么能离开他们?不,我一定不离开他们!敌人越压得紧,人民就越仇恨,今天的事情就是一个例子。"

此时的工人大饭堂里,张强正在动员工友们暴动,包围警察局,把王友侠抢出来。工友们听了张强的话,个个激动万分,都高喊着要去警察局解救王友侠。最后,他们决定大干一场。

临街的小洋楼被板罩围着,房前还种着几棵矮树遮阴。透过二楼的玻璃窗,可以看见窗台上的花盆和拉开一半的窗帘。室内赵一曼站在窗前,不时向窗外看看。周同志坐在小圆桌旁,老曹在房

间里来回地走着：他们正在谈论今天的事件。这时，刘同志走了进来，带来了省委的指示。老曹接过文件，轻声念道："省委的意见：工人已经行动起来了。我们就一定不能站在旁边，就一定要去领导……"赵一曼听后，兴奋地说："同意省委的指示！"大家也都纷纷表示同意。

夜晚，在一间烟气很浓的小房间，赵一曼、老周和工人党员们正在认真研究罢工条件。李荣的妻子在门外负责警戒。赵一曼放下手里的笔，向大伙说："根据我们刚才讨论的结果，可以提出四个条件，我念一念，大家看对不对？"

"好！好！"

"第一条是，释放王友侠，发放养伤费。"

大家点头。

"第二条，惩办打人凶手，保证以后不再发生此类事件。"

"对！"

"第三条,增加工资百分之十。第四条是,不许无故开除工友。"

大家高兴地叫道:"全有啦。"

赵一曼接着说:"那么,大家马上要到工人宿舍,召集工人们开会,告诉大家我们的要求是正义的。只要齐心坚持,一定会有结果。"说完又转头问李荣,"罢工宣言和标语传单,今天能赶出来吗?"

李荣回答:"不成问题,大家干劲十足。"

江水悠悠,雾气氤氲。朦胧的月色笼罩着松花江。寂静的车站广场的灯柱下,一个警察正靠着柱子打盹。忽然,一个人影从他身旁掠过,向对面的伪纪念碑走去……

街灯熄了,天亮了。警察从寒冷中醒来,四下望望,突然吓呆了,只见伪纪念碑上出现了两行红色大字:打倒日本帝国主义!铲除汉奸走狗!他张皇失措,吹起了警笛。

在热闹街市的墙壁上,已张贴满了五花八门的反满抗日的宣传漫画,边上围满了观看的群众。虽然警察用警棍驱赶了这些围观的群众,但抗日的宣传效果已经达到。

在伪警察厅长办公室,谷川拿着赵一曼等人拟写的罢工宣言,陷入沉思。他害怕全市的学生、市民也被工人煽动起来。他放下手里的罢工宣言,盯着对面的伪电业局长,开口说道:"好吧!好吧!

现在先把他们安抚下来。由你电业局长出面，第一条第二条都答应下来，把人放了，把打人凶手惩办一下，薪水增加百分之五。"

伪局长不满地说："有失体面，有失体面！大日本……"

谷川胸有成竹地说："先叫他们得意几天吧！"说完，他拿起一张照片，转身递给日特及邢长腿，"这个人的线索你一定给我找到！"

不久，赵一曼匆忙来到老周家。她的脸上写满了焦虑。刚进门，就对老周说：

"老曹被捕啦！你立刻搬家！省委紧急通知，告诉同志们，该搬家的都要搬。"

"好！"

赵一曼又嘱咐道："老周，希望你小心隐蔽自己，为党保存力量，别像从前那样容易冲动。城市工作的阵地，我们一定要坚持下去。老周，王友侠的伤还没好，你要照顾一下……请你探听一下老曹的下落！"说完，赵一曼紧紧握住老周的手。

"你呢？"老周问道。

"我马上下乡去，打游击，再见！"

二

一望无边的高粱地里，一群妇女正坐在席子上紧张地缝制棉衣。这时，赵一曼和吕大娘抬来一桶水，为每个人倒了一碗水。赵一曼看着大家，说："这些天，日本鬼子搜查得紧，大伙加点劲把活赶完才好。"

这天夜里，赵一曼和吕家一家人正在家中往麻袋里装鞋子。忽然，吕子上气不接下气地跑进来说："咱们的队伍来了！"

在群众的热烈欢迎下，王团长和战士们走进了村子，身上扛着丰硕的战利品——枪支、弹药和服装。赵一曼连忙上前，激动地和王团长握手。火光闪耀中可以看到王友侠、张强、李荣和李荣妻子等人愉快、兴奋的笑脸。

相较赵一曼那边的欢腾景象,哈尔滨伪守备队会议室里的气氛显得压抑许多。日本人正在召开军警联席会议。藤原正对敌军官和警官训话:"赵尚志的一个团就在珠河一带活动,离哈尔滨不过一百多里;如果不把这一部分消灭,哈尔滨随时会受到严重威胁。把所有形迹可疑的人统统杀掉,叫共产党失去依靠,要叫中国人知道大日本皇军的厉害!"

很快,日本人对普通百姓的村庄发起了疯狂的进攻。他们烧杀抢掠,无恶不作,对无辜百姓进行了惨绝人寰的屠戮。村子里火光冲天,浓黑的烟柱升上天空。到处是倒塌的房屋、逃散的农民。高高的架子和柱子上挂着牺牲者的头颅。赵一曼站在废墟上,两眼含泪,激昂地对幸免于难的人们说道:"敌人就是这样毒辣,想把东北人民烧光杀光,但他们想错啦!中国人从来也没有叫帝国主义吓倒过!他们想把老百姓归到一起监视起来,拆散我们军民的血肉关系,把抗日军消灭干净。他们想错了!抗日军是老百姓自己的军队,老百姓和抗日军的关系,火也烧不断!刀也砍不断!同胞们,我们要擦干眼泪,咬紧牙关,去报仇,报仇!"随着她的声音,百姓们举起扎枪、土炮和各种农具,群情激昂,人人誓要与日本侵略者抗争到底。

在大路旁的一个小岗子上,赵一曼和拿着扎枪、土炮的农民们伏在榛丛里。这时,大路上走来一小队日军。日军军官骑在马上,日本兵跟在后面,有的倒背着枪,有的用枪挑着他们从老百姓那里掠夺来的财务。

日军渐渐走进埋伏圈,赵一曼向大伙做了一个手势,枪声骤响,埋伏在榛丛里的村民们嘶吼着跳了出来。敌人被这突然袭击吓呆了,还没弄清楚是怎么回事,已经被扑上来的农民们用镐头、耙子打倒了。最后，这支日军小队的武器都成了村民们的战利品。

夜色朦胧。远远的一座土围城前，日军的哨兵正在巡逻。庄稼地里，赵一曼率领游击队匍匐前进。突然，城门的哨兵被一只粗壮的手掩住口鼻，按倒在地上。城门慢慢地开了，赵一曼率领游击队跃了进去。游击队从投降的敌哨兵面前直接进入伪县署内。伪县署院内，枪支、子弹、军用品成堆地放在一起，像一座小山。

宁儿：
母亲对于你没有能尽到教育的责任，实在是遗憾的事情。
母亲因为坚决地做了反满抗日的斗争，今天已经到了牺牲的前夕了。

这次胜利，让老百姓欢欣鼓舞，大家拿着火把聚在一起庆祝。赵一曼站在高处激昂地发表讲话："同胞们！国民党丢掉东北不管了，东北人民受尽日本鬼子和汉奸的压迫已经三年了；但是，东北人民并没有屈服。我们要继续斗争。不愿当亡国奴的跟着我们走！把日本鬼子赶出中国去！"

武装起来的百姓高呼："打倒日本帝国主义！""推翻满洲国！"

夜色中，红旗迎风招展。赵一曼率领武装起来的农民，向前行进……

在哈尔滨伪守备队办公室里，日军军曹正对一名特务布置秘密任务："我要你们到哈尔滨东部一带山地去侦察。据可靠的情报，女共匪赵一曼带着一批人，已经和赵尚志的一个团会合起来。他们的给养大大的困难，最近已经没有粮食了。这正是我们围剿的好机会。你们的明白？"

"是，明白，明白。"

军曹从桌上拿起一份地图："这是地图，你们一定把他们最近的活动路线侦察清楚。"

积雪覆盖的山峦间，为庆祝中央红军和陕西北部的红军胜利会师，赵一曼、王团长和战士们正举行着一场盛大的晚会。大家都围着熊熊的篝火，尽情地高歌热舞。

在欢笑与火光之外，两个黑影在悄悄移动。两个日本特务看到林中深处闪烁的火光，听到隐约的掌声，从怀里掏出地图，在上面做了记号，又无声无息地离开了。

翌日，东方刚发白，林中弥漫着冬天早晨的冷雾。寒风把雪尘卷扬起来，在林中飞旋。燃烧殆尽的大火堆旁，战士们还在熟睡。突然，一声枪响划破宁静，战士们一下子被惊起。王团长从人堆里跳了起来，"占领山头，准备战斗！"战士们迅速往山上冲去。

然而此时，日军已经把整个树林团团围住，还架上了火炮。一时间，枪声、炮声在树林间骤响。面对汹涌而来的敌人，赵一曼当机立断地对王团长说："敌人来得突然，我们完全没有准备，不能硬打。看样子敌人是包围阵势，给我留下一个排，我在这里顶住敌人，你赶快带着队伍，从西北方向突出去，能打就打，不能打也好保存一部分力量。"

王团长沉思片刻，便带着战士们向林外冲去。留下赵一曼、张强和战士们作掩护。

"准备好，宁死不做俘虏。"赵一曼说着，探身扔出一颗手榴弹。突然，一颗子弹打在她的大腿上，顿时，殷红的鲜血喷射而出，浸透了她的衣裤和鞋子。

这时王团长一行已突围到林外。他们回头听听枪声，急忙沿山边奔去。

背着赵一曼的张强，在林中吃力地走着，雪地上，留下一行斑斑的血痕。这时，前边的树林里刷刷地响起来。张强机警地放下赵一曼，隐在倒木后边，支起枪，监视着。山坡上出现了二十多个急急走来的敌人，渐渐逼近了。张强眯起眼睛，扣动了扳机，一个敌人应声倒下。其他敌人都很快隐在树后，迂回着前进射击。张强不停地射击，敌人倒下了四五个。但毕竟寡不敌众，张强被一颗子弹打中头部，牺牲了。

赵一曼苏醒过来，看见敌人已逼到跟前。她奋力抓起地上的枪想射击，但疼痛使她再次昏迷过去。

三

在敌伪警察办公室里，赵一曼被两个伪警察架了进来。她面容消瘦，紧闭着嘴唇，两眼闪出冷光。谷川狞笑着从他的椅子里站起来，"噢，欢迎，大大的欢迎，请坐。"

被推倒在椅子上的赵一曼，眼睛注视着前方，丝毫没有理睬谷川的"欢迎"。她的右腿因为奇痛而抽动了一下，但她竭力咬住嘴唇，不露出一丝痛楚的样子。

谷川离开他的座位，走到赵一曼面前，指着桌子上的水果、点心说道："请！"赵一曼没有理会，谷川又拿起一杯酒，送到赵一曼面前，"干一杯！"

赵一曼抬手击落了杯子。随杯子的碎裂声，谷川咯咯大笑。他另倒了一杯酒，一口灌了下去，拣一块点心，填到嘴里，"你年轻轻的，糊涂大大的有。皇军满洲国，铜墙铁壁一样，你小小的反不出去。你说，赵尚志的司令部在哪里？"

一个日军军官铺纸执笔，准备记录赵一曼的回答，但赵一曼闭目不语，好像什么也没有听见，什么也没有看见。无论谷川如何花言巧语，威逼利诱，都是枉费心机。赵一曼一直沉默不语。谷川逼近赵一曼，发疯似的摇着赵一曼的肩膀，吼道："你说，你说，你说！"

面对谷川的疯狂行为，赵一曼缓缓开口："我的话很简单，早晚把你们这群强盗赶出中国去！"

谷川大怒，野兽一样咆哮起来："好！好！看看你的厉害。把她吊起来！"

随后，残忍的日军对赵一曼进行了一次次惨绝人寰的酷刑，但始终未从她口里撬出半个字来。

谷川见赵一曼伤势严重，为了进一步审问，便把赵一曼送进医院治疗。在这里，赵一曼通过一次次的言行说教，唤醒了护士小韩和董看守的爱国良知。随着时间的推移，赵一曼在张医生的精心治疗下，渐渐恢复了健康。她看着董看守说："哪怕是爬，我也要爬出去！我知道你是有正义感的青年。要是你怕连累，可以报告！"

"你把我看成什么人啦！"董看守看看赵一曼，突然掩面大哭起来。

小韩急忙拉住董看守的手，说："不要这样，不要这样，人家会听见的。"

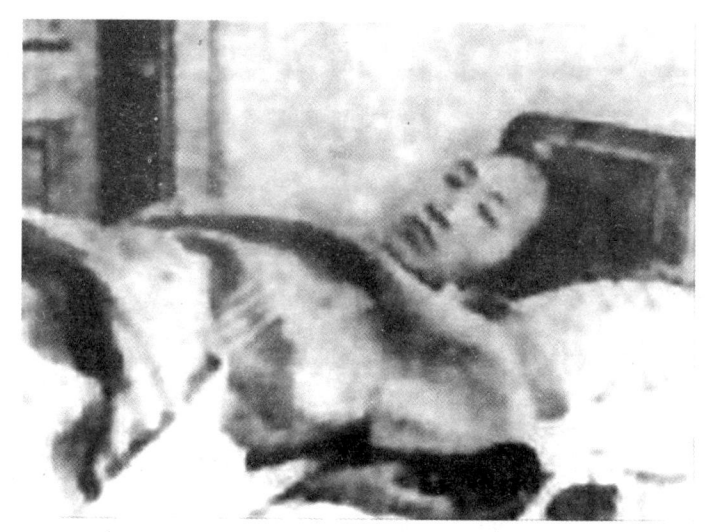

"要走咱们一起走,我帮你走。天天受他们的气,天天亲眼看见自己的人被残杀,我实在干不下去了。"董看守下定决心。

"别哭啦,你赶快去安排吧!"小韩催促着董看守。

这一天,大雨滂沱,电闪雷鸣。病室的走廊里静悄悄的,只能听见外面的雨声。董看守从医院后板墙上拆开一块板障,小韩扶着赵一曼,穿过缺口,成功逃出了医院。

在赵一曼住过的病室里,医生和护士们站成了一排。谷川向他们大声咆哮:"快说,谁放走的?不说统统枪毙!"走廊上,日特伪警从病室进进出出,到处搜查。医院板障里边,邢长腿和伪警在巡视,邢长腿忽然发现了赵一曼等人逃走时压倒的矮花丛,连忙将这一发现报告给了谷川。

山上,一个车夫吁吁地赶着牲口,鞭子在空中呼啸着。车上坐着赵一曼、董看守和小韩。大车在山坡的小道上慢吞吞地前进,阳光照在他们的脸上。赵一曼愉快地说:"到联军地方还有20里了。"三人顿时松了一口气,终于有心思看看周围的景物:山下浴着阳光的河流,河对岸的丛林……小韩甚至高兴地唱起了歌。就在这难得

的平和时刻,董看守忽然发现远处有什么在向他们迅速靠近,他凝目向远处张望,大声叫道:"汽车,汽车!"

听到越来越近的汽车声,三人知道是敌人追来了。小韩急忙催促车夫加快速度。但是马车哪里能跑过汽车,眼看敌人的车就要追上来了。

"捉回去也是死,我和他们拼了!"董看守感到大难要临头了。

看着步步逼近的敌人,赵一曼镇定地说:"我不能叫你们两个白白牺牲,你们要活下来,还可以为革命做些工作。把一切责任都推在我身上,你们俩就可以保存下来,但是我们去的地方,死也不能说的!"

就这样,赵一曼再次被日军抓住了。牢房里,赵一曼挣扎着从草堆上爬起来,靠墙坐着。从门洞射进的光映在她的脸上,她十分消瘦,但异常平静和肃穆。她定神想了想,慢慢爬到板壁前,敲了几下,唤道:"小韩!"

在隔壁牢门洞口站着的小韩，听到赵一曼的声音，走过来，敲敲板壁，"赵同志。"

赵一曼竭力抬起头来，用断断续续的声音悄声说："明天是'七一'，是中国共产党……诞生的日子。你要永远记着：出去……一定……不要忘了革命。上千上万的共产党员和革命志士……牺牲了，但青年的一代，会永远活下去……活下去，亲眼看到敌人的灭亡，看到……自由的中国，看到人民的幸福和快乐。"

小韩伏在板壁下听着，擦着眼泪，哽咽着答应："我记得的，我记得的。"

大钟的指针指向子夜一时。突然，大卡车的声音响起来。受惊的女犯们纷纷穿上衣服，在黑暗中默默地互相望着。赵一曼挣扎着抬起半身，整整自己的衣服和头发。

随着一道道铁门被打开的哗啦声，一双大马靴，黄大衣衣角，和闪着白光的佩刀出现在女牢门口。

一个狱卒高声喊："国事犯，赵一曼。"

赵一曼扶着墙壁站起，走了出来，她对其他女犯竭力大声地说道："同志们！不要为我难过！敌人从我嘴里什么也没得到，他们失败了。他们从你们嘴里也不会得到什么。"一个日本兵急忙用手掩住她的嘴。她用力推开日本兵的手，把头扭到一边去，"敌人一定要失败！同志们，坚强地斗争下去！"

两个日本兵恐慌地把赵一曼架了起来，急忙向外拖去，赵一曼猛力挣扎着，唱起了《红旗歌》。

与此同时，在一片树林的空地上，迎风飘扬的大红旗下，王团长站在横队前面，正在领导着全团宣誓。激昂的声音在林中震荡着：

"我们谨向你宣誓：我们要百倍英勇地战斗，消灭一切敌人，把东北人民从压迫下面解放出来；不达到目的，誓不放下我们手中的武器！"

影评选粹

人物传记·创作手法·教育意义

本片作为一部人物传记片,它既忠于史实,又用适当的艺术加工,选择了一条符合人物传记片的审美特性的创作道路。

在创作手法上,影片能够把握重点,剪裁详略得当,没有单纯追求戏剧性,而以主人公真实的经历为情感轴线,重视表现生活的自然流程。创作者就是通过这种现实主义的创作手法,使得影片的情节、细节以及周围环境的安排都比较符合人物所处的环境和性格,从而成功地塑造了一个真实可信的人物形象。

影片的思想具有深刻的教育意义,上映后受到观众和专家们的一致好评。著名电影评论家钟惦棐当时曾撰文评价这部影片。他说:"这部片子的主题思想是积极的、健康的。它不仅表现了像赵一曼这样一种人物崇高的民族气节、阶级气节，而且，它说明了工人阶级在领导农民斗争中的作用。从头到尾，赵一曼总是以自己先进阶级的模范行为教育着农民群众。没有成千上万的像赵一曼这样人物的工作，党要领导农民的前进是不可能的！"

精彩回放

在一次突围时，赵一曼身负重伤，被捕入狱。在狱中，面对敌人的威逼利诱，赵一曼只字不吐，接着，泯灭人性的敌人对她进行了百般凌辱、非人酷刑。赵一曼坚贞不屈，保持了共产党员的高尚气节，她说："我的话很简单，早晚把你们这群强盗赶出中国去！"被激怒的如野兽般的敌人对她实施了难以想象的惨绝人寰的酷刑……赵一曼为革命英勇斗争，为了革命全局，不惜自己做出最大牺牲，临难不惧，至死不屈，对革命事业无限忠诚和坚贞不渝的高贵品质，不仅集中反映了抗日战争时期妇女们的优秀品质，而且也是中华民族优秀儿女的生动写照。

张思德

这部影片风格朴实、人物生动、真实感人,是一部融思想性、艺术性和观赏性为一体,具有启迪作用和教育意义的主旋律影片。

——中宣部《关于组织观看影片〈张思德〉的通知》

影片档案

出品:北京电影制片厂、中国电影集团公司、北京紫禁城影业有限责任公司

原著:刘　恒

编剧:刘　恒

导演:尹　力

主演:吴　军　唐国强

荣誉成就

2004年，影片获得第11届电影华表奖优秀男演员奖、导演奖；2006年，影片获得第28届大众电影百花奖最佳男主角奖、最佳导演奖、最佳故事片奖。作为一部人物传记片，它以深刻的感召力，净化了人们的心灵，其教育作用功不可没。

影片史料

大生产运动

1943年2月9日，毛泽东向陕甘宁边区军民发出"自己动手，丰衣足食"的号召。根据中共中央、中共中央军委和毛泽东的一系列指示精神，八路军各部队从1942年春起，先后大规模地展开了大生产运动。

至1943年11月，陕甘宁边区军民开展的大生产运动，取得了显著的成绩，有力地推动了敌后全体抗日军民大生产运动的开展。

同年9月5日，中共中央警卫团战士张思德在陕北安塞县烧炭，因炭窑崩塌而牺牲。为纪念张思德，毛泽东于9月8日发表了《为

人民服务》的著名演讲。

张思德

张思德（1915 — 1944 年）四川仪陇人。1933 年参加中国工农红军，1937 年加入中国共产党。到延安后，任中共中央警卫团战士。1944 年 9 月，在陕北安塞山中烧炭，因炭窑崩塌而牺牲。毛泽东在其追悼会上作了《为人民服务》的著名演讲。

剧情故事

一

黄昏时分，连绵起伏的黄土高原在落日余晖的映照下，蒙上了一层薄薄的红色面纱。这里一望无际的都是纵横的沟壑和起伏的山峦。在不远处的一道寸草不生的土梁上，隐约出现了一个八路军战士的身影。他个头不高，上身赤裸，手里举着一把枪，一张憨厚敦实的脸上沁满了汗珠。他不歇气地奔跑着，脚上的草鞋只剩下一只，并且已经磨掉了一大半。他的步伐越来越快，爬过土梁、穿过河流、涉过草地，渐渐被淹没在万丈霞光中……

为庆祝中国共产

党建党22周年,党组织举办了歌咏大会。中央警卫团直属警卫队内卫班也参加了演出,他们要合唱《大刀进行曲》。张思德作为内卫班的一名成员,从未登台表演过,他格外珍惜这次机会,所以,即使要从很远的地方徒步赶来参加这个节目,他也心甘情愿。

正好就在内卫班的节目即将开始时,张思德气喘吁吁地冲进了后台,负责舞台的刘秉钟看见张思德后,一把将他拽了过去,"赶不回来就算了,喘得跟母牛一样!"说着,便撩开背景布,把张思德塞进了土台上,十几名战士已经整整齐齐地站成两排。见张思德挤上了台,刘秉钟飞快地往台上码砖。他怕张思德显矮,便给他多码了一块,并说:"扯开驴嗓子好好唱,这回不露脸就没下回了!"

幕布抖动,在掌声中迟迟不肯拉开。小白在前边揪着幕布,一脸的焦急和怨色,说:"张思德同志,能不能快点儿呀!"

张思德踏上了砖头,晃了一下。刘秉钟抓住他脏乎乎的脚脖子。张思德光着一只脚,另一只脚上的草鞋只剩了半只。

幕布在掌声中拉开了。汽灯高悬,光芒刺目。十几个战士站成两排,后排的人比前排高出一头。一张张激动的面孔都直眉瞪眼地盯着指挥。满脸灰土和汗水的张思德显得异常喜悦。

小白紧张得直咽唾沫。他把口琴塞在嘴里,吹完前奏,一直高举着的左手大刀往下一劈。粗犷的歌声扑面而来:"大刀向鬼子们的头上砍去,全国爱国的同胞们……"

由于调门儿起高了,战士们一个个脸红脖子粗,听上去有点儿声嘶力竭。张思德脑门儿上青筋暴跳,他的脸脏乎乎的,嘴巴张得最大,表情纯真而陶醉。

台下无数笑脸在火把的光影中闪动,许多人跟着唱起来,但是很快就汇成了一体,气势恢宏。人群中很不起眼的地方,出现了毛泽东、朱德、刘少奇和任弼时等人的笑脸。警卫队队长古远兴给毛泽东点上烟,说:"唱得不强,给直属队丢人了。"

毛泽东没有接他的话，直接问："那个脸巴子脏乎乎的人是谁？"

"哪个？"古队长不解。

"嘴张得最大的那个。"

古队长回答道："他叫张思德！刚从警卫一连调过来，响当当的老战士了。"

突然，汽灯熄灭了，台上顿时一片漆黑，开始骚乱起来，但歌声更加嘹亮了。"梯子！梯子！"不知谁喊了一声。很快，汽灯恢复了明亮，大家看到张思德正用脖子驮着刘秉钟，是他们将汽灯修好的。

漆黑的夜晚，在内卫班窑洞里，战士们都熟睡了。黑暗中，只有茅草发出窸窸窣窣的声音。小白嘟囔："睡不着……老鼠成亲闹洞房呢。"张思德怕自己打草鞋影响到战士休息，便跑到炊事班的窑洞。伙夫王九山也没睡，他在修补一个破旧的面罗子。灶台外侧，张思德坐在靠近门口的地方又开始编草鞋。

不久，卫士们护送毛泽东去解放日报社。毛泽东无意看到了他们脚上都穿着新草鞋，便问："你们换轮胎了？"

众人对主席的话感到差异。毛泽东却欣赏地看着草鞋说："式样不错，谁的手艺？"

班长用手指了一下："张思德。"众人的目光都投向了车后的张思德。

"噢，你就是那个梯子吧？"毛泽东幽默地说。

卫士们再次莫名其妙。毛泽东解释说："他们在戏台上嚷嚷梯子，我还真以为拿来个梯子。灯一亮，梯子原来是你呀！"

山间土路上，一辆汽车在急速奔驰。车的后踏板上站着张思德，他的身体随着汽车的颠簸不停地摇晃。车上，幼儿园老师邱月梅在为几个五六岁的儿童发食物，他们都是烈士的遗孤。"这个孩子怎么一直不说话？别动！"邱月梅按住一个做危险动作的孩子。这个孩子叫宋光明，他的父母都在皖南事变中被敌人枪杀了，当时他亲眼目睹了一切。

河边，孩子们在尽情地嬉戏。张思德站在河里给宋光明洗身子。孩子怕水，紧紧地抓着张思德的腰带。邱月梅一边洗孩子的脏裤子，一边说："张思德同志，洗的可以了吧？"

"再洗洗。"张思德头也没抬。

"你以为真是你儿子呀？"邱月梅开玩笑地说，"这孩子不说话，我们谁都没办法了。你有没有办法？"

张思德不好意思地说："我有啥办法？"

邱月梅看到张思德害羞的神情，忍不住想要逗他，说道："孩子叫你叫得那么甜，白叫了？"

张思德被邱月梅说得更加不好意思了。

为了让宋光明开口说话，张思德为他买了糖，并请刘秉钟过来帮忙。刘秉钟蹲在张思德和孩子们的对面，看着远处的河岸边正有匹马在吃草，便指着马对孩子们说："你看它，它一句话不说，就知道吃。它是牲口，你能跟它学？跟它学能学出好来？"张思德对他的讲话不满意，便一把推开他。没想到，刘秉钟的瘸腿支撑不住，一屁股跌到河里去了。张思德没有理会刘秉钟，蹲下把宋光明背了起来，在歌声中向远处走去。

在南泥湾的一处山坡荒地上，几十名战士围着两个挥舞着镢头的人。原来他们是在进行开荒比赛。一个大个子战士很快就打败了小白和大李，他气焰很嚣张："都说内卫班个个是神仙，拉出来溜溜，软蛋！"

就在众人准备散开之时，嘴里塞满烙饼的张思德随手抄起一把镢头，独自刨了起来。一开始谁也没有注意他。张思德的镢头像雨点儿一样落下，快得令人不可思议。大个子无意中回头，表情渐渐凝固了，一分钟刨了五六十下子，赶上三团的"气死牛"了！众人将张思德团团围了起来。小白急忙掏出口琴，为同伴儿的精彩表演伴奏。没一会儿，张思德停下来，大家都吃惊地看着他身后刨开的大片土地。

二

在炊事班窑洞里间，伙夫老王死尸一样躺在床上，整日茶不思饭不想。老王上年纪了，眼花耳聋的，党组织劝其退伍，可老王坚决不从，一心一意要留下来。毕竟他已在部队上待了几十年，与战士们感情深厚，一下子离开他们，当然舍不得了。

这时，张思德撩开门帘，端着饭菜小心翼翼地走进来，来到老王枕边喊道："老革命，吃饭。再不吃要出人命了。"他揪了根笤帚毛，伸向老王的鼻孔，突然发现他眼泪哗哗直流。

老王下床走到小石磨跟前，拼命干起活来。张思德上前阻止。老王被激怒了，"我不老！我什么都能干！我哪儿也不去！"说完他用手遮住眼睛，像个孩子一样委屈地呜呜哭了起来。张思德不知如何是好，只能使劲儿摇磨，并喊着："老革命……老王！老王！"

老王哭得缓一些了，抓起缝了一半的面口袋，却怎么也纫不上针。张思德悄悄凑过去，把从刘秉钟手中要来的眼镜戴在了老人的鼻梁上。老王哽咽着，四下里看看，被一个清晰了的世界吸引住了，他顺利地纫上针线，不由得笑了出来。张思德逗笑说："老革命，你这土包子变成洋包子啦！"

老革命明明听不见，却咧着嘴孩子一样笑了起来。

这一天，张思德费了很大的劲，终于把关二娘的猪逮住了。他扛着猪，光着脚走在一条老街上。在这条街上，张思德特别引人注目。刘秉钟一下子就看见了他，可他一反常态，并没有向张思德打招呼，反而把目光移向街边，妄图与张思德擦肩而过。但是张思德发现了他，并叫道"秉钟！"

"哎哎……思德。"张秉钟努力装得很自然，主动抢话，和张思德胡扯起来，想转移他的注意力。

左边那个士兵在刘秉钟的肩膀上狠狠地揉了一把，刘秉钟向前走去。张思德望着刘秉钟渐渐远去的背影，忽然，他看见刘秉钟那双背在身后的手上居然戴着手铐！张思德急忙追了上去。

终于，张思德追上了他们，他质问刘秉钟为什么，可刘秉钟一直避而不答。张思德从他的表情上看出了不祥之兆。他又开始纠缠押解者。他一反常态，嗓门大，口气重，变成了一个强悍的人："同志，你们肯定搞错了！我们1933年一起参加革命，我了解他！我负过三次伤，他负过五次！他的肠子在塔子山给打出来了，就算这样他也没死！他是从枪子儿里钻出来的！你们搞错啦，同志！"

可押解者不搭理他。张思德急了，把猪扔在路边，跑到路中央，伸手拦住了他们："我是直属警卫队的，我叫张思德。我以共产党员的性命担保，刘秉钟同志是响当当的革命战士，你们不能逮捕他！去年整风有人闹了冤案，你们不能再闹个冤案，你们不能冤枉了他！你们……"

两个军人不说话，用同情的目光看着他。刘秉钟两眼湿润，这副样子给了张思德最后一击。在张思德的哀求下，刘秉忠说出了实情。原来，他为了让自己的未婚妻结婚体面点，竟用部队买盐的钱偷偷买了一匹洋纱。张思德听后，一时情绪失控，像豹子一样朝刘秉钟扑了过去，揪住他的衣领，一直把他抵到坡道的石堰上，不断地大声质问："图啥……你图个啥呀！"

在中央大礼堂里，大家正陶醉在电影画面中。当银幕上出现交火的场面时，邱月梅感到身边的宋光明在发抖，便把他轻轻揽在怀里。随着银幕上一挺机关枪的扫射，宋光明突然大叫一声，"妈妈，妈妈！"礼堂里顿时一片骚乱。

邱月梅忙安慰道："别哭……都是假的！你看，枪和子弹都是假的，别哭！"

观众纷纷叫道："听不清楚！把孩子抱出去，上外边哭去！"

闻声赶来的张思德把孩子从邱月梅手里接了过去。他挤出人群，抱着哭泣的孩子蹲下来，语无伦次地连连抚慰："哭吧！哭吧！子弹打光了……爸爸妈妈都死了……没关系，没关系。光明，你还活着，你还活着！大声哭吧……"

"把孩子领远点儿好不好？哭啥？没个完啦？"一个观众叫道。

张思德大吼道："闭嘴！"

张思德紧紧抱着宋光明，"孩子，哭你的。爸爸妈妈听着呢，好好哭吧……"他用下巴抵着孩子的肩窝，目光湿润。孩子的哭声渐渐平息了下来。

在毛泽东窑洞里，毛泽东拿出一些野菜标本让张思德辨别，过了三回草地的张思德不费吹灰之力便准确地回答上了，毛泽东高兴地夸赞说："古队长说你认野菜有一套，果然名不虚传。"

随后，毛泽东说张思德最大的缺点就是做事不吭声，最大的优点还是做事不吭声。

在监狱窑洞里，张思德和刘秉钟隔桌而坐。张思德把黑枣、烟叶和两包香烟放在桌子上。刘秉钟恢复了活力，却沉稳多了。他吃枣，抽烟，嘴一直没闲着。随后，他对张思德说："别为我操心了，心意都领啦！"

张思德说："你要真领了大家的心意，就从这个洞子钻出去，好好挺着腰板儿做人。别人过1944年，你就从头过你的1933年，有种就让以前那个刘秉钟活回来！"

刘秉钟克制着内心的激动，郑重地承诺道："你放心，腿打掉了一块，我找不回来。党籍丢在哪儿，我从哪儿把它捡回来！我拿命把它换回来！"

在延安土道上，老革命王九山跟着马车往前走。车上坐着七八个烧炭队的士兵,里面有小白和大李。小白情绪低落,呜呜地吹着口琴。张思德坐在车后边,不停地朝老革命挥手,示意他停下来。老革命固执地跟着。张思德跳下马车,把对方拦住,彼此比比画画,互相叮咛嘱咐,珍重道别。张思德跳上车后,老革命又跟了一会儿,才停住脚步,长时间目送着马车。张思德则不停地挥动着手臂。

三

1944年,陕西安塞石峡峪。在林间小路上,烧炭队的人汗流浃背,扛着木头下山。远处传来砍伐的声音。张思德比别人扛的多出一倍。

窑场里,烧炭队镐起镐落,在几处相连的土坡上挖窑。窑址附近堆放着木头。窑口低矮,里面的人直不起腰来。张思德从窑口里钻出,衣服已经被汗水完全湿透了。他到水桶跟前蹲下来,把头伸进去喝水。

夜晚,在宿营地。睡人的窝棚旁边是做饭的灶棚。有人在劈柴,有人在收拾草棚子的支架,有人在树枝上搭湿衣服,张思德在添柴烧饭,柴烟熏得他不停地咳嗽,声音在山坳里带出了回音。

窑场里,几个窑口都有人在忙碌。张思德依次巡看,不时停下来指点。

"口子开高一些,开低了下雨往里灌水。"张思德在小白的窑口蹲了下来,说道:"小白,口子开得太高了。"

小白扛着镐头,疲倦而沮丧地瞪着张思德。张思德好心地说:"这是进气的口子,开高了底下的气不顺,不好点火。"

小白不高兴了:"低了也是你,高了也是你,没法儿干啦!"他扔了镐头,扬长而去。张思德笑笑,拿起他扔在一边的镐头,往手心里吐口唾沫,埋头干起来。

夜晚,众人躺在草铺上,被蚊子咬得睡不着,不停地骂骂咧咧,拍打身体的声音十分响亮。张思德走进来,把一条燃好的艾蒿辫儿挂在马灯旁边,青烟缭绕。小白大声咳嗽。

一名战士打趣地说:"队长,你是熏蚊子呀,还是熏人啊?"

众人笑了起来。

张思德耐心地说:"再忍一忍,忍一忍就好啦。"

张思德自己也被熏得咳嗽起来,又引来一片笑声。小白腾一下起身,把艾蒿揪下来扔出门外,转身躺回去,面对着棚壁不动了。众人面面相觑,张思德不知道应该说什么。

"睡吧。"张思德吹熄了马灯。

出炭的日子到了。窑场上一派欢快的劳动场面,笑声不绝。张思德脚上和手上都包着麻袋,蹲在窑口里出炭。火花飞溅。大李、小白等人像链条一样把炭运到稍远一些的地方。黑色的木炭闪着幽光,越堆越高。

一日,大雨滂沱,雨水下面的整个山体都在滑动破裂。张思德还在窑洞里奋力劳作。他在轻轻哼唱着他平时最喜爱的曲子。小白听到张思德的声音,也被他的快乐气氛感染,拿出口琴,靠在窑口,吹了起来。他们完全沉浸在这快乐的气氛之中,甚至没有察觉窑壁在微微颤动。

大李在窑口挥锹排水。他可能也喜欢那个曲子,跟着哼唱。曲子突然中断了。雨中有一种短促的隆隆的声音。大李疑惑地抬起头来。他觉得出了什么问题,朝新窑的方向走过去。突然,传来大李一声撕心裂肺的呼喊,"张思德!张思德!"他在泥水和风雨中跌跌撞撞,身上裹满了泥浆,几乎看不出人形了,"救人哪!快来救人哪!"

大雨瓢泼。在坍塌的炭窑的位置上,大李和烧炭队的人像疯子一样用双手在泥泞之中挖掘。所有人都在绝望地哭泣。小白不顾别人的阻拦,跪在地上号哭,不停地挖着泥土,即使双手淌出了殷红的鲜血仍没有停下。

在卫士班的窑洞里，张思德的铺位上蒙了白单子，军衣军帽和草鞋整整齐齐地摆放在上面。班长带领战友们依次放下各种祭品：针线包、笔记本、花生、核桃、手绢、糖……以及小小的插在墨水瓶里的野花等等。有人低声抽泣。班长向张思德的遗物默默敬礼，掉头走出了窑洞。众人离去之后，老革命走进来，在炕上放了一把枣。他在炕沿上坐下，低着头没完没了地整理床单。他仔细端详张思德住过的地方，往自己嘴里塞了一个枣，缓慢地嚼着，没有让任何人看见他的泪水。

土台子上布置了灵堂。满眼都是白色的布匹，白色的纸张，以及白色的花朵。毛泽东的手书悬挂在高处：向为人民利益而牺牲的张思德同志致敬。一切可以飘动的东西都在风中静静摇曳。土台子下面聚集了上千的祭奠者——军人、干部、百姓、孩子。他们的神色庄严、宁静、悲悯而又崇高。警卫团政治部的负责人宣读烈士生平，语调清晰沉稳："张思德同志生于1915年4月19日，四川省仪陇县六合场韩家湾人；1933年加入红四方面军，转战川北陕南

并参加长征；1937年光荣加入中国共产党……"

毛泽东开始发表演讲：我是九月五日下午得到的消息。几天了，一直睡不好觉。我想了一些事情，也仔细地想了想我所认识的这个人。你们有的人可能不认识他。你们在延安的街上见到这个人，也很可能不太理会他，就是理会他了，也很可能记不住他。我们的队伍里到处是这样的人，普通、平常，像清凉山上的草一样。我们平时注意不到他们，也听不到他们的声音。可是正是这些人支撑了我们全部的事业……

同志们，我们的共产党和共产党所领导的八路军和新四军，是革命的队伍。我们这个队伍完全是为着解放人民的，是彻底地为人民的利益工作的。张思德同志就是我们这个队伍中的一个同志……人总是要死的，但死的意义有不同。为人民利益而死，就比泰山还重。张思德同志是为人民利益而死的，他的死是比泰山还要重的。

追悼者的队伍平静地散去。内卫班的人静静地收拾灵堂，把应该摘掉的东西摘下来。一个小战士泼水扫地，这正是张思德惯于做的事情。

影评选粹

人物传记·画面·教育意义

这是一部人物传记体裁的影片。它以1944年前后延安抗日根据地的生活为背景，展现了党中央、毛主席和以张思德为代表的普通战士团结一致、艰苦奋斗的历史画卷，讴歌了张思德同志为革命事业默默奉献、全心全意为人民服务的崇高精神，表现了革命领袖与普通士兵的深厚友谊。

本片使用了黑白片的拍摄，使影片画面呈现出一种老电影、特别是纪录片的感觉，从而赋予影片一种有意味的形式。

这部影片对于广大党员开展保持共产党员先进性教育，广大干部群众开展革命传统教育，以及对未成年人进行思想道德教育，都具有很强的现实意义。

精彩回放

这部影片风格朴实、人物生动、真实感人，是一部融思想性、艺术性和观赏性为一体，具有启迪作用和教育意义的主旋律影片。它的构架是散文化的，内涵亦极具诗化色彩，而它在人物、景物等细节的描述上，却渗透着强烈的现实主义质感。

影片在影像艺术创作上体现一种特别的追求，采用散淡的意识流进行大写意，在散淡中蕴含了一种力量。毛泽东更加个性化，张思德日常生活小情节其实是用画卷在诠释藏在黄河岸边、黄土之下的精神力量。为真实地表达出影片语言的准确性，在拍张思德和战友背炭的时候，为达到负重时肌肉、喘气声音的真实感觉，他们背的都是真炭，一背就是二十几趟。

永不消逝的电波

"同志们,我想念你们,永别了!"
——在敌人来临前,李侠深情地向战友做最后的告别

影片档案

出品:八一电影制片厂
编剧:林　金
导演:王　萍
摄影:薛伯青
主演:孙道临　袁　霞　陆丽珠

荣誉成就

这是一部表现中国共产党地下斗争生活的经典影片。

《永不消逝的电波》中何兰芬的扮演者袁霞，于1978年获南斯拉夫第七届索波特"为自由而斗争"电影节最佳女演员奖。

影片史料

1938年，上海沦陷区成为日本帝国主义侵略中国的大本营，也是蒋介石勾结日寇搞投降阴谋活动的秘密接头点，政治情况非常复杂。

汪伪国民政府

指日本帝国主义侵略中国期间扶植的汉奸傀儡政权。1938年

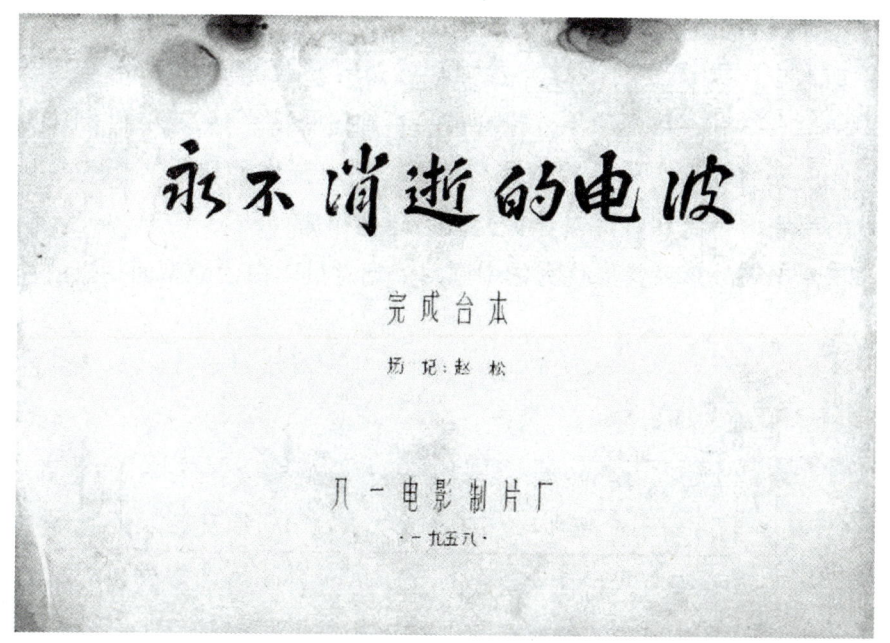

12月29日，汪精卫发表"艳电"公开投降日本。1940年3月20日，汪精卫集团召开伪中央政治会议，通过《国民政府成立大纲》等提案，定都于南京，国旗为青天白日旗，另附加"和平反共建国"字样的三角小旗。30日，在南京成立伪国民政府，汪精卫任主席兼行政院长。1945年8月随着抗日战争的胜利而覆灭。

地下斗争

地下斗争，通常指革命力量所进行的秘密斗争。它是在反动统治阶级占优势或实行白色恐怖，革命政党、团体被剥夺了合法地位的情况下，为发动和组织群众，保存和发展革命力量，打击敌人而采取的一种隐蔽的斗争方式。有散发传单，发动罢工、罢课、罢市、游行示威、策反，获取情报、物资，破坏敌人武库及其他设施等活动。

李　白

李白（1910—1949年），湖南浏阳人，曾用名，华初。1925年加入中国共产党。1927年参加湘赣边界秋收起义。1930年参加中国工农红军，曾任通讯连指导员。参加过长征。1937年到上海从事党的秘密电台工作，曾两度被日军逮捕。抗战胜利后继续坚持艰苦的秘密电台工作，后被国民党政府逮捕杀害。

本电影故事就是以优秀的中国共产党党员李白为原型而拍摄的。

剧情故事

一

1938年的夏天，庄严雄伟的革命圣地——延安。人民群众和革命战士一起在党的领导下，向日本帝国主义和国民党反动派发起了一场史无前例的正义斗争。当时，沦陷区上海的政治斗争形势复杂，是蒋介石和日本人接洽投降条件的秘密接头点。为了调查蒋介石政府投降日寇的罪恶活动和加强上海的电台工作，党组织决定派李侠同志去上海开展地下工作。

李侠是延安某电台的政委。他是一位经验丰富的优秀共产党人。当得知组织上要派遣自己去上海开展地下工作后，他刚开始不是很情愿，因为他一直想到前方去冲锋陷阵，觉得在战场上和敌人面对面的交锋才是真正的战争。不过，当上级领导将派遣他去上海工作的意见告诉他之后，李侠还是坚决地服从了党组织的安排。临别前，李侠告诉前来送行的战友：虽然我们以后不能见面，但是我会通过电台和大家联系的。然后，他信心十足地离开了延安奔赴新的工作岗位。

1937年春天的上海。这里是敌人占领区的政治和经济的中心。马路上灯火辉煌，霓虹灯的招牌一闪一亮。这天，日本宪兵司令部的特高科长中村和老牌日本特务柳尼娜在办公室里商量一件大事。原来，蒋介石派代表和日本进行和平谈判的重要机密已经泄露出去，日本东京方面非常恼怒，他们通知汪伪政府严查此事，并限令他们在三四天之内把泄密事情的罪魁祸首缉捕归案。中村和柳尼娜就是为了这事而联合在一起的。中村肯定地说："国民党政府的代表住在上海期间，除了太太、小姐，没有别人接近过他，我看还得从交际界找线索。"柳尼娜傲慢地说："这方面我已经布置了。只要电台发报，就瞒不过宪兵的耳朵。只要抓到共产党的电台，就可以顺藤摸瓜，找到他们的交通——领导——情报员，就可以将他们一网打尽。"

在孙明仁大夫的神经精神病专科诊所，地下党员白小姐假装看病，坐在诊疗室里向孙大夫小声说着什么。她面容消瘦，可穿得非常阔气。孙大夫正给白小姐认真地"检查"。白小姐用极小的声音，飞快地说："这就是蒋介石的代表跟日本人谈判的内容。"随即，白小姐拿出一盒口香糖，抽出一片给孙大夫。孙大夫从口香糖的包装纸中取出情报底稿来看了一下，又把它插进一个药瓶的商标纸后面,并表示会尽快送到电台发往延安。孙大夫的脸上露出了笑容,对白小姐说:"告诉你个好消息,延安要给咱们派个报务员来,还是个老红军。他的名字叫李侠,你去接接他。"

李侠坐在车上往外看,只见马路上灯火辉煌,还有川流不息的车辆、拥挤不堪的人群。看到那些穿着和服的日本人,李侠厌恶地转过头去。过了一会儿,他掏出一张早就准备好的上海地图,指着一条马路询问其名称。这时,在前面开车的孙大夫扶了扶黑眼镜向李侠点了点头,亲切地对他说:"你这个军人姿态要彻底改变才行啊。像你这样,在上海要不了几个钟头就会出问题。"然后,他告诉李侠先熟悉一下上海的环境,找一份工作掩护自己的身份。孙大夫还告诉李侠要给他组织一个家庭,就是找一位女同志做李侠的"夫人",这样既可以配合工作,又不容易引起敌人的注意。对于这个提议,李侠感觉到有些不太理解。

一家缫丝工厂里,女工施祥宝高声唤来何兰芬并告诉她,工厂负责人老马找她有事。于是,何兰芬立即来到老马的房间,意外地发现了七年没有见面的孙大夫。老马告诉何兰芬,要给她调换工作。何兰芬高兴得几乎跳了起来。然而孙大夫正色地告诉她,有个同志需要你帮忙熟悉应付环境,是个男同志,你归他领导,你们对外的名义是夫妻。何兰芬涨红着脸说:"这个工作呀?我……做不来。"经过孙大夫进一步的解释,她认识到了这项工作的重要意义,于是决定服从组织决定,并表示一定尽全力完成这项任务。

回去以后,何兰芬尝试着穿旗袍。可是当她穿上之后,又觉得不太合适,于是又将套在工作服上的旗袍脱了下来。这时施祥宝蹑手蹑脚地走了进来,轻轻地从背后抱住何兰芬,大喊着漂亮极了。何兰芬害羞地躲避着施祥宝的打闹。躲闪间,何兰芬看到施祥宝手里拿着一样东西。施祥宝打开拿在手中的画卷说道:"这是发给工人看的简报,这是义卖公演的海报。本来这都是你的事儿,现在都归我了。工会里这两天又唱歌、又排戏，很快就要公演了。到时候我给你送票去。"施祥宝高兴地表示以后要去看望何兰芬。何兰芬急忙告诉她，组织上规定以后不能见面，不能通信，即使在街上碰见也要假装不认识。施祥宝生气地扭过头去，何兰芬连忙说道，这一切都是为了工作。施祥宝这才露出高兴的笑容，何兰芬一把将自己的好姐妹搂在怀里。

大街上，何兰芬与李侠并排坐在三轮车上。何兰芬完全变了样，一下子从纺织工人变成了一位出身高贵的阔太太。她的态度很不自然，而李侠却谈笑自如。三轮车停下后，李侠殷勤地扶她下车。走在路上的时候，他们遇见了白小姐。白小姐送给他们一个大蛋糕。蛋糕上做着"乔迁之喜"四个大字。走进弄堂以后，李侠和邻居们亲切地打招呼。

上到三楼，何兰芬进门一看，见房间布置得完全像新房一样，心跳就加速起来，同时又觉得太浪费。事实上，各种陈设也不过是中等人家的水平，只是相比较何兰芬原来的生活条件来说，简直就是天壤之别。看着何兰芬气恼的样子，李侠从她身上看到了自己一年以前的影子，于是问何兰芬是不是觉得太阔气。何兰芬气恼地指着墙上挂着的一幅崭新的湘绣说，我觉得不应该浪费。李侠解释说，我的掩护职业就是给湘绣庄写款。写好就送去，这不是咱们买的。说着，李侠就往墙上挂他们的"结婚"照片。

正在这时，查户口的巡捕神气十足地走上楼，瞟了一眼户口簿子问道："李太太什么地方人？"当得知是嘉兴人后，他便说道，"你们一个浙江，一个湖南，真不容易啊！"李侠怕何兰芬露马脚，忙替她回答说："可不是嘛，都是父母做的主。"这时，邻居王小姐和房东张太太走进来，她们的穿着都很阔气。查户口的巡捕忙站起来和她们打招呼。

房东张太太对李侠说："王小姐想买几件湘绣送人。"李侠马上像个老行家似的拿出几幅来给王小姐看。张太太对何兰芬说:"李太太,你来得正好,以后咱们不用再找别人,就能凑一桌麻将。你喜欢打麻将吗?"

李侠生怕何兰芬说出"不喜欢"来,连忙抢着说:"喜欢,就是打得不大好。张太太,王小姐,我们家兰芬从小地方来,没见过大世面。以后要请你们多照应。"

王小姐应酬了一句,然后对查户口的巡捕说:"老贺,到我那儿坐会儿吧。"随即,几个人一起说笑着下楼去了。待他们一走,何兰芬着急地说:"你怎么说我喜欢打牌呢?我怎么能跟这种人混在一起?"李侠温和地说:"这就是应付环境啊。这个王小姐熟人很多,你看,她来一打岔,查户口就省掉这么多麻烦。"

何兰芬赌气地说:"我不会打麻将。"李侠耐心地解释道,"我们是无产阶级的战士,都喜欢和自己的兄弟姐妹一起工作、战斗,都不喜欢这种腐朽堕落的生活。但是,我们要在情况复杂的敌后开展工作,就必须和这些人打成一片,这样才能帮助我们掩饰好自己的真实身份,不至于暴露自己。"听了李侠发自肺腑的言语,何兰芬终于明白过来了,她在李侠的帮助下摆弄着麻将,最终完全学会了打麻将。

二

夜里12点,李侠从白小姐送的蛋糕里取出一张小纸卷,拿了一把削好的铅笔和一本线装的《红楼梦》,然后向小阁楼走去,准备开始发报工作。何兰芬关心地问:"在下面工作不好吗?"李侠指指弄堂对面的楼窗说:"电台的工作地点是需要绝对秘密的,对面楼上的灯都亮着,人们还没有睡觉,在下面工作容易暴露。"说完,他没有一点声响地出去了。位于四层的阁楼里,李侠光着胳膊,汗流如雨,伏在肥皂箱上发电报。时钟滴答地响着,从三点走到五点,天亮了。李侠赤脚抱着收音机，轻轻走下楼来。

何兰芬起床准备出去买菜，李侠劝阻她说："不行，住这样房子的人，没有起这么早的。"同时，他告诉何兰芬，回头买完菜到外滩公园去，把那本《红楼梦》交给白小姐，并在她要抽烟的时候，把这盒火柴交给她。何兰芬按照安排和白小姐并排坐在外滩公园临江的一张椅子上。在白小姐抽烟的时候，何兰芬把火柴递给她。白小姐给了何兰芬一盒口香糖，何兰芬抽出一片来吃着。何兰芬临走的时候，把手里的《红楼梦》给了白小姐。

孙大夫的诊所内，白小姐指着孙大夫手里的《红楼梦》说，这是延安来的密电。孙大夫接过火柴，给了她两支香烟，说："把这两份电报再送给李侠去发。"孙大夫从线装《红楼梦》的夹页里抽出毛主席的文章《反对投降活动》，看完后高兴地说道："看，毛主席又在揭露蒋介石投降派的整套阴谋，'不但汪精卫在演出，更严重的就是还有许多的张精卫、李精卫，他们暗藏在抗日阵线内部，也在和汪精卫里应外合地演出，有些唱双簧，有些装红白脸……'昨天延安来的电报提到，咱们关于国民党投降活动的情报很有参考价值，要我们继续注意蒋介石和日本的勾当。"这个鼓励令白小姐非常兴奋。孙大夫同样兴奋地说："这篇文章重要极了，你赶紧送交市委去印发。"

剧场上方悬挂着"各界联合义卖公演"的横幅。剧场里正在进行义卖活动，有工人，有学生，也有职员。纺织女工施祥宝热情地向观众兜售着义卖品，忽然发现何兰芬就坐在她面前，便很想和她打招呼。何兰芬更想招呼自己的好姐妹，但是一想到自己的身份，便故意避开她，转过脸去和坐在她身旁的王小姐、张太太说话。施祥宝见她这样，便掩饰地说："太太！没关系，钱多多捐，钱少少捐，一样是爱国，太太！"何兰芬随张太太、王小姐的做法，也买了一份义卖品。日本宪兵队的特务和一个汉奸指着楼下那些义卖的姑娘们互相说着些什么，他们指着施祥宝悄悄密谋着什么事情。

一声巨响，舞台上雄壮的抗战歌声开始了。大家满怀激情地唱着"打回老家去"。歌声深深地打动了听众，也深深地激怒了楼上的日伪特务们。歌曲唱完了，幕布在热烈的掌声中徐徐合上，剧场的灯光也随之暗了下来。突然，剧场上方撒下了大批的传单。灯亮以后，几乎每个观众手里都有一张，大家兴奋地看着。何兰芬拿起传单一看，上面印的是毛主席的文章《反对投降活动》。她高兴得心都要跳出来了。"这是多么有意义的工作啊！为这样的工作就是牺牲也值得！"她禁不住在心里说，但是很快就克制了自己的激情。这时，施祥宝身前挂着义卖的箱子出现在舞台上，她抑制不住内心的兴奋，激动地说："亲爱的同胞们，咱们在这里吃得饱，穿得暖，不应该忘记饥饿的难民！更不应该忘记前方的将士！同胞们！他们为的谁呀……"两声枪响之后，施祥宝倒下了。顿时，剧场混乱起来了。有的往前挤，有的往后拥，女人的惊叫声，小孩的啼哭声，交织成一片，乱得跟一锅粥似的。特务们想把营救施祥宝的人绑走，被绑的人与特务扭打着，爱国的群众也参与进来打特务。

何兰芬、张太太和王小姐夹在混乱的人群中走出剧场。何兰芬挤出剧场，一个人从拥挤的三轮车与汽车的洪流之中走出来。她惊慌失措地在雨中走着，从热闹的大街转到僻静的小巷。越到行人少的地方，她走得越快。她的耳边响起施祥宝背着义卖的箱子在剧场热情地连声向她兜售义卖品的声音："太太！没关系，钱多多捐，钱少少捐，一样是爱国，太太！"何兰芬泪流满面地跑进弄堂，奔向自家的门，激动地对李侠说："别人在那里牺牲流血，我在这儿享福当太太，这叫什么革命工作？"她恳切地向李侠请求到艰苦的地方去工作。"何兰芬将手里的传单递给李侠看，并说："我一直认为只有这样的工作，才算革命工作。"李侠严肃地问她这个传单是哪儿来的。何兰芬悲痛地说："是那些烈士，那些不怕牺牲的共产党员散发的。"李侠严肃地告诉她,"这些底稿是你亲手送出去的。"原来,李侠将抄录下的手稿夹在《红楼梦》里,交由何兰芬送给白小姐。随后李侠告诉何兰芬:"这个工作好比是党的眼睛,党的耳朵。它随时都在注视着敌人,了解他们的阴谋勾当。所以,不管环境多么困难,我们也应该坚持。"为了让何兰芬更加清楚地了解电报工作的重要性,李侠决定晚上让何兰芬亲自见证一下他自己的工作。说完,他就将那张传单烧掉了。

与此同时,柳尼娜气愤地将一张载有毛泽东《反对投降活动》的传单烧掉了。中村故意问柳尼娜,"这说明了什么问题?"柳尼娜得意地说:"毛泽东的文章是六月三十号发表的,上海这么快就印出来了,说明共产党在上海的秘密电台还大大的有。咱们为什么不顺着发传单的线索去追共产党的电台?"中村赞赏地说:"你比一年以前聪明多了!"中村摆了一下手,与柳尼娜一同坐下来,压低声音对她说:"我想了个办法,不但能消灭共产党在租界的活动,还能追到共产党的电台。你能不能给我弄一批亲共分子的名单?"

在第四层的小阁楼内,李侠浑身是汗地坐着工作。他一只手紧张地抄写电码,另一只手调整着收报机的刻度盘。阁楼里唯一的小窗户被挡得严严的,何兰芬闷热得喘不过气来。何兰芬放下手巾,又给他扇扇子。这时候,她自己已经汗流浃背,浑身的衣服都湿透了。李侠的嘴唇动了一下。她想他肯定口渴了,赶紧给他倒水。她静听着他用铅笔抄报的沙沙声,仰视着他那投射在天花板上的巨大的身影,她感觉李侠的形象在她面前越来越高大。李侠工作完了,放下耳机,立刻把自己的手巾递给她。满脸是汗的何兰芬没有接,一时没明白李侠的意思。李侠指了指她的脸,她这才接过手巾去擦汗,又把手里的扇子递给他。

突然,何兰芬看到了李侠肩膀上的伤疤。她抚摸着他的肩头深情地问他怎么回事,李侠淡淡地说是枪伤。一番询问,何兰芬知道李侠当过红军,对他更加佩服了。这时,弄堂里忽然传来敲门声。李侠站在阁楼的窗户跟前,掀开黑布窗帘往外看。别的弄堂全亮着灯,就这一块黑。不一会儿,阁楼里的电灯又亮了。李侠放下窗帘,看到日本宪兵队已经在楼底下敲打房门了,李侠迅速地走到窗前看了一下说:"查户口的怎么这么早就来了?为了安全起见,咱们还是搬家吧。"

几天以后,李侠他们搬到了新家。他们的职业是开办无线电修理行的小老板。这天,李侠和何兰芬正在修理收音机,屋里摆着许多破破烂烂的收音机。白小姐突然从外面走进来关上门,满脸含笑地说:"告诉你们一个好消息。组织上批准你们结婚啦!"说着,就把手里的点心盒子、葡萄酒放在桌子上。白小姐启开葡萄酒瓶,倒了三杯。她举起酒杯对他们说:"祝你们永远幸福!"三个人同时一饮而尽。

三

1943年日本军队开进上海租界。日本兵大肆逮捕人,搜捕电台。被捕的有中国人,也有外国人;有爱国分子,也有普通群众。中村办公室内,柳尼娜恭维地说道:"自从占领租界以来,你们的收获很大呀!"中村不满地说道:"电台是抓了不少,就是还没有抓到共产党的。"中村阴险地告诉柳尼娜自己正在想一个办法,一定要搜到所有的电台,让共产党无法生根。原来,他要准备用分区停电的办法确定那个可疑电台在哪一个弄堂。

李侠看着月亮在沉思。月亮的上方有一块黑压压的乌云。何兰芬深情地回忆起一年前他们见面时的情形。看着沉默不语的李侠,何兰芬问道:"你又在想什么?"李侠出神地望着窗外说:"每逢佳节倍思亲,我非常想念我的那些老战友、老首长。"说完,他站了起来,走到栏杆跟前去看月亮。后来,李侠在发给延安同志的电报里附加了自己对首长和同志们的问候。延安方面的同志们也非常想念李侠，他们在回电中表达了对李侠的思念之情，并祝愿他工作顺利，身体健康。

　　李侠的妻子何兰芬见丈夫发报太累，便主动要求替他发报。李侠高兴地答应了她的要求。过了一会儿，阁楼突然停电了。李侠站在阁楼的窗户跟前，掀开黑布窗帘往外看。别的弄堂全亮着，就这一块黑。不一会儿，阁楼里的电灯又亮了。李侠放下窗帘，站在那里考虑着灭灯的原因。这时，远处传来了警报声，他一下子感觉到里面肯定有问题。于是，他快步走过去发了几个电码，便开始收拾东西，并让何兰芬下楼去收拾一下翻译的资料。

　　门口传来了敲门声。日本宪兵和特务端着枪横冲直撞地进来搜查，何兰芬穿着睡衣，装作刚起来的样子。宪兵队长小仓进来看了一下，指挥日本宪兵上阁楼上去搜查。这时，小仓的目光落在茶几上的收音机上。他脸上突然露出了欣喜的表情，向李侠伸出一只手，让李侠交出电台。李侠坦然地笑了笑："什么电台？广播电台？我没去过。打电报要到电报局去，我们哪有那东西？"忽然，小仓摸了一把桌子上的收音机咆哮着问道："收音机为什么是热的？"李侠镇静地回答说："听广播了。"小仓哈哈地笑了，亮出手表给他看："请问，夜里三点钟听什么广播？"何兰芬吃了一惊，李侠仍然镇定地回答："我是做生意的，听听国外的行情。"正当小仓对李侠无可奈何的时候，忽然听到"哗啦"一声响，阁楼上的地板被踩塌了。一个日本兵拿着电键以及其他零件，从阁楼里跑下来。见问不出什么情况，小仓命人将李侠带走了。

　　中村的办公室内，小仓指着李侠身上的伤痕吼道："你的枪伤大大的有！你的，八路军的干活！"李侠异常平静地说："这是十年以前，贵军打伤的，那时候我就在上海做买卖。"他把伤痕累累的肩背故意转向小仓。中村走到李侠面前，细细地看了看他的中指和食指，就咯咯地阴笑起来："老资格！"他对李侠伸了伸大拇指，又拍拍他的肩膀说："朋友，缴械吧！你的领导人在哪里？"李侠坚定地回答道："我没有领导人，我自己做生意。"见问不出什么情况，中村让人把李侠押到审讯室进行刑讯逼供。

　　在另一间审讯室里，负责审讯的人就是柳尼娜，她斜靠在沙发的扶手上。她审讯的语调是那样的缠绵、温柔，好像是在谈情说爱一样。而受审的国民党军统人员——姚苇的眼睛里却闪现出一种深藏着的怯懦。柳尼娜温柔地对姚苇进行蛊惑收买，她说："我也是重庆方面的，汪先生领导下的特工总部——76号里边数得着的人。其实，给谁干还不是一样吗？"中村在自己的办公室里一面看公文，一面听监听器。听了他们的谈话，中村不满意地摇着头。他打电话告诉柳尼娜，让人把姚苇带去看李侠上刑。

　　李侠受刑的地方是在屋角的一个半人高的方台子上。敌人将一块砖头加在他的腿下面。他的额头冒出了一颗颗汗珠，却没有发出一声求饶。这时，小仓越问越紧，声音越来越凶狠，而李侠的回答始终是那么平静、坚定。随着这些问答声，姚苇的脸色越来越难看。他的额头冒出了一颗颗的汗珠。随后，他发起抖来，牙齿不住地磕打着，好像他的身上通了电流一样。最后，他哆嗦得更厉害了，并且一下一下地抽搐起来，就好像有人在拔他的指甲，割他的肉一样。姚苇恐惧得要昏倒，闭上眼睛不敢再看下去，最终向敌人屈服，做了可耻的汉奸。与此同时，随着敌人凶狠的审讯声和打在李侠身上的刑具声，何兰芬的眼泪渐渐没有了，它被愤怒的火焰烧干了，她的痛苦变成了仇恨。唯有李侠那始终平静的声音给了她无限的力量。

　　姚苇和柳尼娜并排坐在沙发上，柳尼娜在口供记录本上飞快地写着，她已经写了好多页了。姚苇对柳尼娜说："所有经我手搞的重庆电台我都说了。"他叹了一口气说："我知道的事情太多了！要是军统知道了，我就活不了了。"柳尼娜告诉他："最近周佛海先生已经跟你们戴老板搭上线了。"于是，姚苇把心一横，将自己知道的全部信息全告诉给了柳尼娜。

白小姐将李侠夫妻俩被捕的情况向孙大夫进行了汇报。孙大夫立即向组织上汇报了情况，并且向组织申请援救李侠夫妇的方法。他让其他同志按照李侠的电台波段继续发报，以迷惑敌人，去除李侠的嫌疑。

在中村办公室的小型酒会上，中村问姚苇："李侠究竟是重庆方面的人，还是延安方面的人？"姚苇说："上海国民党的秘密电台我没有找不到的，就是蒋、宋、孔、陈那几个大头子做投机生意的商业电台不好找。"中村说："如果真是他们的电台，对我们很有用。所以，现在我们还不能轻易放过他。"

由于没有合适的证据，何兰芬被释放出来。她拖着伤痕累累的身体艰难地走出宪兵队的大门。回到屋里一看，里面空荡荡的，什么都没有了，只剩下一张没有被褥的床和玻璃被打裂的衣橱，碎纸散了一地。她心疼地把"结婚"照片捡起来，伤心地倒在床上。这时楼下的娘姨——张妈，一手端着稀饭，一手拿着他们的闹钟，见她没吃，张妈便说："你要有个三长两短，李先生在里边可怎么好啊？一会儿再来看你。"说完，张妈就出去了。张妈的话更勾起何兰芬的伤心来，她端着饭碗，眼泪止不住地往下流。她的耳边又响起李侠的声音："这个工作好比是党的眼睛，党的耳朵。它随时都在注视着敌人，了解他们的阴谋勾当。所以，不管环境多么困难，我们也应该坚持。"于是，何兰芬决定坚强地活下去，为了党的事业，为了救李侠出狱，一定要坚持到革命胜利。

何兰芬靠洗衣服维持生活。这天，她提着水桶下楼，锅炉房的老头儿往兰芬的桶里打满水，又把一个热水瓶递给她。何兰芬回到屋里，从热水瓶的外壳里取出一张纸条来，上面写着："李侠出狱有望，速去。"欣喜若狂的何兰芬走到敌伪特务机关76号的门口，焦急地向门内探望。忽然一个熟悉的声音在她耳旁亲切地唤着："兰芬！"她一回头，看见一个人站在她的面前，他的脸上满是皱纹，瘦得只剩下一双大眼睛，头发几乎脱光了，胡子长到胸前，她怎么也认不出来这就是自己的丈夫李侠。她扑到李侠的胸前抽泣起来。李侠抚摸着她："不要难过，其实，我蛮好，我心里蛮好……"他还是那样平静、那样乐观，把"心里"两个字说得那样意味深长。

回到家里之后，李侠微笑着告诉妻子："日本人分析来分析去，分析出我是重庆方面的。我既不承认，也不否认，要不然怎么像无头案呢！虽然是无头案，但是他们认为我是重庆分子没有问题。"何兰芬气愤地说："重庆分子为什么就能放出来？"李侠正色说道："这正是叫人担心的事情，投降危机又来了。日本人把他们抓的重庆分子放出来，就是为了跟重庆牵线。现在一定是蒋介石想投降，国民党又在疯狂地进攻咱们根据地了。我们一定要坚持下去，将蒋介石投降卖国的丑恶罪行进行揭发，让老百姓都知道他们的狼子野心。"

四

良友商店门口，李侠悠闲地抱着孩子在散步。与此同时，对面楼上的姚苇和几个特务正监视着他的一举一动。经过这段时间的考验，姚苇和柳尼娜觉得李侠靠得住，便决定拉他入伙。于是，柳尼娜派姚苇去收买李侠。在李侠开办的良友商店内，姚苇不耐烦地问道："你考虑得怎么样了？咱们给你大头、条子、美金。"李侠坚决地回答道："我不干！我是中国人，我不拿这种钱！"姚苇自以为猜透了李侠的心思，语气马上一转，"老兄，别太认真了，你知道重庆派过来干曲线救国的有多少？想当初我也崇拜过蒋委员长。可谁想得到，抗战还不到10个月，蒋介石就派了一位高级代表到东京去谈判投降条件。"姚苇看一时半会不能说服李侠，便决定第二天请他吃饭，在饭店里说服他为日本人服务。姚苇离开后，李侠决定向组织汇报这一情况，并决定接受姚苇的邀请，摸摸他的底细，以便更好地工作。

大饭店里，在李侠的多次逼问下，姚苇只好将事情的全部真相告诉给了李侠："日本人现在拼命要拉重庆投降，蒋介石也急着想知道日本人的条件。这个重庆的部长正在跟日本人谈判，你说，日本人还会抓你吗？蒋介石是个老滑头，美国、日本哪边好处多，他跟哪边走。咱们也得学聪明点儿，把自己变成个活子儿。重庆投降过来，咱们是有功之臣，盟国帮助重庆反攻，咱们也是先头部队。你看怎么样？值不值得干？"事后，李侠立即将这些重要信息汇报给孙大夫，孙大夫指示他按照计划进行，答应姚苇的要求，既要拿他的情报，还要利用他的电台给延安方面发送情报。

李侠的手指头在电键上弹动起来。延安的窑洞里，李侠的老战友含着眼泪，激动地说："咱们整整等了他一年。李侠出来了！李侠出来了！"另一个老战友深情地说："老李真行，用敌人的台子又干起来了，真像国民党的老报务员。"

中村办公室里，柳尼娜阴冷地说："延安报纸上登的投降内幕写得多具体、多生动啊！"她告诉姚苇，这些消息都是李侠泄露出去的，并且命令姚苇立即将李侠逮捕。可是当气急败坏的姚苇带着日伪汉奸来到良友商店的时候，却发现早已人去楼空。

五

1949年，抗日战争结束后，柳尼娜和姚苇等一批汉奸特务摇身一变，又成了国民党政府的有功之臣。这时，国民党国防部第二厅的上海电讯侦察室。一个国民党高级军官走进来，他打开报告看了一眼。柳尼娜赶紧把侦测秘密电台的记录本放在他手里。他把报告和记录本子对着看了一下就骂起来："混蛋，就会打假报告！你们

抓来的那些共产党电台还在发报呢!现在,限你们三天抓到共产党的电台,再抓不到,要你的脑袋!"柳尼娜地对自己的部下说:"自从徐蚌会战结束以来,江防吃紧,共产党的地下人员在京沪一带活动得很厉害,现在要采取非常手段来封锁消息。厅长这次来,就是为了要把上海共产党的地下电台一网打尽。宁可错杀一千,也不放过一个!李侠给咱们的教训还不够吗?"说着,她狠狠地瞪了姚苇一眼,姚苇萎靡不振地缩在墙角里。

这天,李侠在家里戴着耳机,精神极度集中地发电报。电灯忽然熄灭了,很快又亮了。想到上次被日本人拘捕时的情景,李侠感到又有危险了。于是他果断地对何兰芬说道:"你快带着孩子走吧。这时,外边传来敲门声。何兰芬双眼含泪,不忍离去,李侠严厉地命令妻子带着儿子赶快离去。李侠紧张地发电报，延安老战友紧张地抄收李侠的电报。

李侠把电报发完了。他把电报底稿放在嘴里，回头一看，见姚苇的脸出现在窗户外面，便立刻又发起报来。李侠心里默默地念叨着："同志们，我想念你们，永别了！"延安方面，李侠的两个老战友戴着耳机，沉重地听着电报声。战友们含着眼泪站起来，摘下了手中的帽子，大家为失去一位优秀的同志而感到难过。

影评选粹

结构严密·情节离奇

影片并没有单纯地去追求曲折离奇的惊险情节，而是用一种朴实的创作手法来表现惊险情节。首先，导演将李侠置于上海这个大背景下。在这样一个险象环生的环境里，其本身就是一个大的悬念。在这样的环境里，李侠不断变换着身份，时而是老板，时而是小店主，时而是工人，然而他始终处于与敌人的搜捕和反搜捕的尖锐矛盾中。严密的结构、离奇惊险的情节十分扣人心弦。

这部影片是黑白片，但影片的光调和影调非常细腻且富有层次，特别是夜景拍得真实而具特色。在画面设计上，也很有时代特色，比如影片的片名出现在片尾：在李侠从容而坚毅的脸部近景上，随着滴滴答答的发报声，出现一圈圈无线电波，同时出现"永不消逝的电波"七个大字。这一写意性的镜头构思，既独到新颖，又和影片的内容十分贴切，令人回味无穷。

精彩回放

影片将场景表现得十分紧凑、生动、扣人心弦。在逮捕李侠前

的一场戏中,一个月圆之夜,李侠和何兰芬情深意浓,幸福恬静生活的镜头,随着摄像机慢慢推向远远的月亮,一块黑压压的乌云渐渐靠近月亮的时候,镜头立刻变化,乌云之中淡出中村阴险的嘴脸。

　　这样的画面设计就给观众的心理造成压力,刚刚放松的神经又一下子绷紧,然后镜头不断交叠更替:一个镜头是李侠头戴发报机,不停地敲击键盘,紧张工作的画面;一个镜头又是中村狰狞的笑脸。整场戏表明形势越来越严峻,斗争更加激烈。观众的心理情绪也不断地随之变化。

小花

"为了我爹娘的血,为了乡亲们的血,我……"
　　　　——小花话没说完,抡起了砍刀

影片档案

出品:北京电影制片厂
编剧:前　涉
导演:张　铮
摄影:陈国梁　云文耀
作曲:王　酩
主演:唐国强　陈　冲　刘晓庆

荣誉成就

1979年荣获文化部"优秀影片奖""青年优秀创作奖（陈冲、刘晓庆、唐国强）"，1979年荣获南斯拉夫第九届"为自由而奋斗"电影节"最佳女演员奖（陈冲）"，1980年荣获第三届电影百花奖"最佳故事奖""最佳女演员奖（陈冲）""最佳摄影奖""最佳音乐奖"。

影片史料

1947年，中国人民解放军由战略防御进入到战略反攻这个重要的历史转折时期。中原地区人民解放军一部分向江汉、桐柏挺近，

寻机歼敌，经过一个多月的艰苦作战，不仅粉碎了国民党军队对大别山的围攻，而且创建了江汉、桐柏解放区，使豫陕鄂与豫皖苏解放区连成了一片。

剧情故事

一

大雨下个不停，风吹得大树摇摆不定。一个鸟窝摇摇欲坠，窝里的两只雏鸟在风雨的打击下更是拼命地挣扎着，想努力摆脱被风雨淋湿的悲惨命运。然而，它们越是挣扎，鸟窝越是离大树的枝桠越远，眼看就要掉下去了。

小茅屋内，一盏松明灯摇曳着，半明半暗。一个中年妇女坐在地上，一个小男孩正扑在她身上和她哭闹着。原来这个叫作赵永生的小男孩，因为爸爸受贫困所迫卖掉妹妹小花而耿耿于怀，现在还在和妈妈闹腾着。

这时，山间的小路上，老何披着蓑衣，冒雨在路上行走着。终于，他看到了赵家的小茅屋，便立即跑了进去。他手里抱着一个孩子，是林场那边一对红军夫妇的女儿。由于暴动失败，敌人到处搜捕共产党员，所以红军夫妇只好把孩子托付给老何。看着粉嘟嘟的小孩，永生娘一把将她抱了过来。一阵大风刮过之后，屋外的那个鸟窝被刮落到地上，两只可爱的小鸟随着鸟窝掉进水里，在水潭中无助地拍打着翅膀，悲惨地呼唤着自己的母亲。

老何问永生爹，小花卖到什么地方去了。永生爹痛苦地说，唐河城悦来栈。老何听了之后，若有所悟。临走的时候，老何交给他们两块银元，告诉他们给小孩添些衣服。永生爹连忙将钱塞进孩子的衣服里。这时，永生高兴地偎依在妈妈身边问道，这个妹妹应该叫什么名字。妈妈告诉他，这个宝宝也叫小花。

唐河的石拱桥上，解放军的队伍正在阔步前进。乡亲们兴高采烈地欢迎人民解放军挺进桐柏地区，热烈庆祝人民子弟兵解放唐河城！赵小花站在村口的土坡上，望着络绎不绝的队伍，她多么希望能在这支队伍里找到自己的哥哥呀！可是，队伍全部过去之后，她仍然没有见到哥哥的身影。她失神地望着战士们留下的一串脚印，难过地擦去了腮边的几滴泪水。

唐河边，小花默默拿着一件衣服洗着。突然，一个洗衣服的姑娘从将要清洗的衣服堆中发现了一个花布包，布包里还包着银元。看到这里，小花一下子愣住了。这块包着两块银元的蓝色印花布包是妈妈一直给她随身带着的东西。赵永生当兵时，小花送给了哥哥。这意外的发现使她激动万分。她一口气跑回村，隔着窗户大声叫道："哥哥！"这时，正在屋子里包扎伤口的解放军转过身来，可惜不是她的哥哥。这位解放军同志是赵永生所在的红四连的耿连长。他把小花让进屋里，向她讲述了一次战斗的经过：

在一次战斗中，赵永生他们排掩护全连撤退。赵永生勇敢沉着地指挥全排打退了敌人的冲锋。连队全部撤完之后，他向全排下了撤出战斗的命令。可是，敌人又发起了一次冲锋，赵永生掏出一个花布包，让身边的一个战士交给支部，然后抓起一颗手榴弹向敌人投去。弹尽粮绝后，赵永生和敌人展开了肉搏战。在战斗中，他与敌人滚下了山崖。可是在打扫战场时，耿连长他们没有找到赵永生。

其实赵永生没有死。他和敌人从山崖上摔落下来后，就立即昏迷过去了。直到清泉的水珠溅落在他的脸上，他才慢慢恢复了知觉。这时，不远处传来救命声，原来敌人也苏醒过来了。赵永生准备用一根木棍结束敌人的性命，却见这个国民党士兵举起双手，惊恐万分。过度的紧张使国民党士兵又昏了过去。赵永生蹲下来仔细一看，只见他的胸口上呈现出一道道青紫色的鞭痕。他沉思了片刻，从衣服上撕下一块布，为国民党士兵包扎好头上的伤口，紧接着用自制的水笔在这个士兵的手背上写道:"你也是受苦人,不要再为国民党反动派卖命了!"然后,他拄着棍子跌跌撞撞地向前走去。

恰巧,游击队长何翠姑来到了这里,发现了身负重伤的赵永生。何翠姑和郑老伯抬着昏迷不醒的赵永生深一脚浅一脚地在山谷里走着。当经过一条流泻的山涧时,瀑布的水雾洒在赵永生的脸上,他动了动干裂的嘴唇,微微睁开了双眼。翠姑赶紧拿过竹筒把水倒在一块竹皮上,慢慢地向赵永生的唇边送去。不知为什么,赵永生的脑海里忽然浮现出小时候生病时,妈妈给他喂药的情景。他觉得眼前这张亲切的笑脸,竟如此酷似记忆中的母亲!

山路上,敌人的流动岗哨正在巡逻。翠姑向郑老伯示意了一下,转身向密林深处走去。盘山小路上,陡峭的山石阶如同一架天梯,直攀青天。如果还是站着平抬担架的话,势必会使赵永生摔下来。于是,翠姑毫不犹豫地跪了下来,用双膝向山上攀去。她吃力地迈动双膝一个台阶接一个台阶地向上爬,沉重的担架压得翠姑瘦弱的身子左右打晃。她用手扒着前面的石阶,咬紧牙关向上爬。

硬邦邦的石阶磨破了裤子,把她的膝盖磨出了血,在身后的石级上留下片片鲜红的血迹,就像一朵朵盛开的绒花,一路洒在担架经过的山石阶上。翠姑的心像一团炽热的火焰,她双手托着这颗赤诚的心,捧给了同志,捧给了革命事业!当翠姑拖着颤抖的腿迈上最后一级石阶时,她脸上泛出了无比欣慰的笑容。

二

周医生和小花正沿着山路一路走来,小花向周医生讲述了自己来秀女村的原因。原来哥哥走后,地主丁叔恒把她抓去当丫头,最终她逃出丁叔恒的魔掌来到秀女村。当她听到周医生说要打丁叔恒时,她急切地要求周医生带自己去。她要给爹、娘以及哥哥报仇!可是周医生却压根没有听到她的话。

阳光透过树冠洒在绿树掩映的山路上，这条熟悉的小路把周医生带到了不可磨灭的回忆中。18年前，一个大雨滂沱的夜晚，就在这桐柏山区密林深处，组织林场工人大暴动失败的周医生和爱人董向坤被迫转移，把他们不满周岁的女儿留在了这一带。

每当想到襁褓中的婴孩那张甜甜的笑脸时，周医生都禁不住牵肠挂肚，潸然落泪。这会儿，她猛地觉察到站在一旁的小花正不解地望着她，忙克制了一下自己的感情，带着小花来到卫生队驻地。卫生队里的护士们议论纷纷，她们都说周医生和小花像一对母女。一个老医生走过来对小花说："多好的孩子呀，给周医生做女儿吧！"小花的确从心里喜欢亲切和蔼的周医生。她扑到周医生怀里，腼腆而又深情地叫了一声："娘！"

晚上，小花和周医生同睡在一张床上。周医生告诉她，自己的女儿名叫董红果。当小花告诉她，自己18岁了的时候，周医生再一次被触动了，她若有所思地说道，我的孩子要是活着的话，也有这么大了。小花怔怔地望着周医生，她明白周医生又想起了她失散的女儿。

晚上，小花做了一个可怕的梦。梦中，小花回到了刚刚记事的孩提时代。在一次特大洪灾中，爸爸、妈妈抓着漂浮在水上的木板挣扎着。狗腿子丁四用竹竿把妈妈推入洪水，又用刀砍断了爸爸抓着船帮的手。坐在木盆里的小花拼命哭喊："爹呀！娘！"小花被噩梦惊醒了，她一下子坐起来，充满惊惧的眼睛惶恐地望着四周。周医生安慰她说："不要紧的，别怕！"小花一头扑在周医生怀里说："娘，你一定要给我报仇啊！"

赵永生被翠姑和郑老伯救活之后，住进了后方医院。一个月后，赵永生痊愈了。这天，团政委董向坤告诉永生，在秀女村找到了他的妹妹赵小花。赵永生心里感觉非常疑惑："哪个小花？"恰好，何翠姑站在门口正恬静地望着大家。这神情再一次使赵永生记起了母亲亲切的脸庞，想到了未满周岁就被卖掉的亲妹妹。霎时间，赵永生的泪水夺眶而出，他脱口喊道："妹妹，小花！"赵永生冲上前去，激动地摇着翠姑的胳膊说："你，你不认识我了？"翠姑被赵永生唐突的举动弄得莫名其妙，她惊诧地看着赵永生，为难地摇了摇头。

护士急忙上前拉开赵永生，给他解释着说，这是把你送来的游击队员。赵永生感到非常窘迫。翠姑却毫不介意地笑了笑，从包袱中取出一双新军鞋和几个鸡蛋塞给赵永生，问道："要归队了？"赵永生振奋起来："嗯！仗打得很激烈，我们连担任了破闸任务。"

三

联防保安司令丁叔恒千方百计要保住护城河出水口的闸门。为保万无一失，他派副官丁四找一个水性好的人来给他专看闸门。丁四找来的人叫张川，是这一带有名的孝子，敦厚、老实。随后，丁叔恒吩咐丁四把张川的母亲弄来。丁叔恒这样做，是为了让张川老老实实地给他看闸。

夜里，解放军做好了攻城战斗的一切准备，拂晓前将发起总攻。这时，赵永生回来了，他还带回了一名新战士。这个新战士就是曾经在崖下被赵永生俘虏过的那个国民党兵，名叫张江。

水面是这样的平静，不时扫过一道耀眼的探照灯光。赵永生和张江抱着炸药包潜入水中，向闸口游去。忽然，水里钻出一个人，张江眼疾手快，一拳把他打倒在浅滩上，扑上去掐住他的脖子。就在这时，他猛然看清原来对方竟是自己的亲弟弟！弟兄俩紧紧抱在一起。几分钟的沉寂之后，一声巨响随着冲天的水柱，把拦水闸送上了天。解放军攻城部队像潮水一般涌进县城。

小花报仇心切，她跟着队伍冲进县城。她不顾一切地往前跑，冷不防地与从岔道上走过来的团政委董向坤撞了个满怀。董向坤神色严厉地责备道："你是哪个单位的？怎么能随便乱跑，快找自己的队伍去！"小花吓得连连后退，不服气地回敬了一句："这老头儿，还怪凶的！"随即，抽出战刀扭头就跑。

解放军已经攻占了敌军司令部。赵永生端着冲锋枪冲进司令部的地下室。只见室内零乱不堪，丁叔恒已经逃跑了。赵永生怒不可遏，愤愤地抓起椅子上的一件军装狠命甩在地上。就在这时，"哐啷"一声响，窗户被踢开了，窗帘也被撕了下来。一束强烈的阳光射进屋内，使赵永生睁不开眼睛。太阳的光环罩着一个少女的身影，她手握一把明晃晃的战刀，目光炯炯地在屋里四处搜寻。她望着赵永生，大喊一声"哥哥"跳进屋里。永生一把将她抱了起来！离别三年，今天竟意想不到在战场上重逢了！永生爱抚地端详着小花。小花也把哥哥仔仔细细看了个够。她调皮地摘下哥哥的帽子戴在自己头上，兄妹俩尽情地欢笑着。

四

丁叔恒在这场战斗中一败涂地，为了逃避解放军的追捕，他躲进一辆装大粪的车子里，才算保住了性命。过了些日子，丁叔恒听说赵永生带着工作队回到老家大兴营，要发动群众组织农民协会。大兴营是丁叔恒盘踞多年的据点，那里有不少被迫当过反共自卫队的青壮年。他们怕受到共产党和解放军的追查，所以不敢回村。狡猾的丁叔恒想出了一条毒计。他让丁四带上仓库的钥匙、契约和账目回大兴营，向赵永生投案自首。如果赵永生不抓丁四，那么有丁四在大兴营，那些躲起来的人就不敢回村；如果赵永生把他抓起来，那些人当然就更不敢回来了。

第二天一早，丁四穿着一身破衣烂衫，打着小白旗回到了大兴营。听到丁四回家的消息后，小花恨得咬牙切齿。她清楚地记得他是怎样帮着丁叔恒欺侮穷人，又害死了自己父母的。她按捺不住胸中的怒火，放下手里的活就往外跑。小花一口气跑到祠堂门口，正碰上从里面走出来的介茂春。其实，介茂春是丁叔恒安插在大兴营的内线。介茂春一脸无奈地告诉她："丁四被你哥给放了。"小花怒不可遏地要去找哥哥问个究竟。

徐文庭家里，赵永生正一手抱着孩子，一手忙着往锅里倒水。看到小花来了，永生赶紧把孩子递给小花，小花不情愿地抱着孩子，气鼓鼓地边烧火边说："为什么把丁四放了？"永生说："按党的政策办嘛！"小花生气地说道："好，你就给这些伪军家属抱孩子做饭吧！"小花把孩子往永生怀里一塞，转身跑了出去。永生急忙追到窗口叫她回来，小花站住了。永生说："徐文庭也是苦出身，现在受了敌人的反动宣传，一时不敢回家，难道咱们看着他们的老婆孩子挨饿吗？"小花气更大了，她气呼呼地说道："你心里只有徐文庭和丁四，单单忘了给咱爹娘报仇！"说完，头也不回地走了。

赵永生只得一手抱着孩子，一手做饭。粥熟了，赵永生把米汤吹凉，一勺一勺地喂进孩子嘴里。徐文庭一直躲在阁楼上，他把这一切都看在眼里。他感动万分地走下楼梯，泣不成声地对永生说："永生兄弟，我对不起你！"他抹了抹脸上的泪水说，"我去把受骗的乡亲们都找回来！"这时，文庭嫂急匆匆地走进来告诉永生，刚才她看见小花和介茂春把丁四给抓走了。

祠堂里，丁四被五花大绑捆成一团。小花眼里喷射着复仇的火焰，她紧握砍刀步步逼近丁四。丁四吓得魂都飞了，他声嘶力竭地喊："你们不能杀我，我是来自首的呀！"小花一把揪住他的领子，一字一顿地说："为了我爹娘的血，为了乡亲们的血，我……"小花话没说完，抡起了砍刀。正要落下，忽然，一只有力的大手攥住了她的手腕。小花一回头，见永生正用责备的目光瞪着她。她没料到哥哥竟会护着这个作恶多端的坏家伙。她气得一跺脚，分开人群跑出了祠堂。

小花跑回家里，边哭边收拾东西。她越想越伤心，觉得哥哥变了。

她决定离开这个家，回部队去。走了没多远，小花迎面碰上耿连长和刚刚调任区长的何翠姑。耿连长问道："小花，你这是到哪里去呀？"小花停下脚步，看看翠姑和耿连长，忍不住又委屈地哭了起来。翠姑猜出了八九分，拉着小花说："走吧！回村去，让这位大胡子连长给你出出气。"耿连长和翠姑连说带劝把小花拉了回来。

刚走到村边，只见七八个穿国民党军服的青年壮丁和一些群众正往祠堂里走。小花急忙跑过去，伸手拦住他们说："你们……你们这是干什么？"一位老大娘笑着解释道："小花，你放心，我把孩子给找回来了。"说着，把枪交到小花手里。一支支长枪接二连三地递了过来，小花毫无准备地接过这些枪，一时竟不知道该怎么办才好。

祠堂内，工作队员张江对投诚的匪兵们说道："共产党、解放军是为咱们穷人闹革命的，我不过比大家早回来几天。赵队长曾经在我的手背上写过，你也是受苦人，不要再为国民党卖命了！"大伙都称赞道："说得好哇！"耿连长却故意板起脸说："何区长，你去把赵永生叫来，咱们在这儿好好批他一顿！"小花急了："别！我哥他……"她羞愧地低下了头。事实教育了她，她现在知道哥哥是对的。晚霞衬着如血的夕阳，把一抹金晖洒在唐河上。小花跟着哥哥在河堤上跑过，她心中更增添了对哥哥的敬爱。

小花和翠姑也结下了深厚的情谊。这天，她俩并肩踩着水车，亲切地交谈着。翠姑告诉小花，她只有18岁，小花不信。小花怀疑地说道，18岁就懂这么多道理，还能当上区长，实在是不简单。翠姑笑着告诉她，你以后要向人家讲这些道理，人家也会说，才不信呢，18岁能懂那么多道理。小花羡慕地夸赞翠姑真会说话。翠姑笑着告诉她，这全是因为自己在游击队里吃了敌人的许多枪子儿，才慢慢懂得了一点道理。小花聚精会神地听着翠姑的话，似乎明白了什么。她目不转睛地凝视着翠姑，忽然想起了小时候妈妈带着自己来踩水车的情景,她发现翠姑长得很像自己的妈妈。

五

丁四在大兴营待了一段时间后,偷偷地跑回县城,向丁叔恒报告他在大兴营探到的情况。他报告说:"这一带除了赵永生那个排的工作队,还有个共军的地下医院。共军撤退的时候,我看见有9个伤员抬进了大兴营。"丁叔恒想了想说:"好,今天晚上袭击大兴营!"当天晚上,丁四带着一支匪军来到大兴营,把全村的男女老少都赶到大祠堂里。手无寸铁的乡亲们被持着刺刀火把的匪兵围在中间,祠堂里充满令人窒息的恐怖气氛。老地主丁雅云走到被绑在柱子上的积极分子大莲、小莲姐妹面前,恶声恶气地说:"赵永生和共军的伤员在哪儿?"大莲咬紧牙关怒视着他,一言不发。

丁四上前揪住大莲的衣襟,狼一样地号叫道:"说!快说!"大莲鄙夷地瞪着他,狠狠地啐了他一口唾沫。丁四恼羞成怒,他用皮鞭打,用火烧,把大莲、小莲折磨得死去活来。危难之时,赵永生率领工作队赶到了。他们埋伏在阁楼上,首先向恶贯满盈的老地主丁雅云开了一枪,又打死了为虎作伥的丁四。祠堂里顿时大乱,匪兵们有的被打伤打死,有的仓皇逃命,有的举手缴枪。潜伏在秀女村的特务介茂春吓得浑身哆嗦,这个披着羊皮的狼得到了应有的下场——被愤怒的群众打死了。

这时留在匪军里坚持地下工作的徐文庭把赵永生拉到一边,告诉他说:"丁叔恒为了把你们弄出来,连他老子的命都豁上了。他带着第二梯队马上就到。"赵永生当机立断,跳上台阶喊道:"大家不要乱!何区长带着游击队正在阻击,丁叔恒过不了河!"然后镇静地组织群众转移,又率领工作队投入了战斗。

经过激烈的战斗,工作队和游击队并肩作战打了胜仗,现在要分手了。翠姑高兴地说道:"好,再见吧,永生同志!"永生紧紧握了握翠姑的手。翠姑跨上马背,却见永生动也不动地站在那里,脸上的神情有些异样。她连忙跳下马来,用亲切的目光探询着赵永生。永生踌躇了一下,说:"翠姑同志,看见你常使我想起一个人来。我有一个妹妹,18年前就是在这一带给卖掉了。"翠姑问道:"她叫什么名字?"赵永生告诉翠姑,自己那个被卖掉的妹妹叫赵小花。翠姑奇怪地问道:"你身边这个妹妹不是也叫赵小花吗?"赵永生沉默了。翠姑说:"永生同志,你不要太难过了,只要是在桐柏山区,我来帮你找!"

翠姑回到区里之后,就去找正在区上开会的爸爸何向东。她把赵永生托她帮着找妹妹的事告诉了何向东。翠姑把情况介绍完了,说:"爹,你看这事怪不怪,两个妹妹都叫赵小花,还都是18岁,真叫人有些纳闷。"何向东爽朗地笑了起来。翠姑忙问:"爹,您也听糊涂了吧?"何向东兴奋地说:"不糊涂,我听得清楚着呢,我认识你要找的那个赵小花!"

一天以后,何向东把翠姑带到山里一个破烂不堪的茅屋废墟前。原来18年前,翠姑就出生在这个茅屋里,那时她的名字叫赵小花。因为家里太穷,只好忍痛把她卖了。何向东知道后,四处打听她的下落,把她赎了出来。何向东对待翠姑就像对待自己亲生女儿一样,抚养她长大成人,引导她走上了革命道路。翠姑抑制不住夺眶而出的泪水,激动地叫道:"爹!"

攻打丁叔恒的战斗就要打响了。小花向翠姑申请说:"区长,让我到前面去吧,我要跟着哥哥打冲锋!"翠姑纠正说:"那不是你哥哥,是我哥哥!"说着,从挎包里掏出一张表递给小花,原来是小花填写的入党申请书。小花翻开申请书,只见上面的姓名和家庭成员都做了改动。她疑惑不解地抬起头来,望着翠姑问道:"怎么,我叫董红果?这,这到底是怎么回事?"翠姑这才把一切都告诉了她。原来,就在翠姑被卖掉的那天晚上,在桐柏地区做地下工作的何向东把董向坤夫妇的女儿红果抱到了赵永生家,并留下两块银元。永生娘问明原委后,毅然把她收留下来,改名赵小花,全家人省吃俭用,把小花拉扯大了。

战斗就要开始了。小花和翠姑趴在掩体后面,小花深情地对翠姑说:"姐姐,我多么想见到哥哥呀!"翠姑也同样深情地说:"我也想见到哥哥!"一阵枪炮声刺破了黎明前的寂静,战斗打响了!突击连的战士们扛着浮桥冲下护城河,向对岸游去。赵永生游在最前面,子弹不住地落在他周围的水面上,溅起串串浪花。他和战士们不顾一切地奋力向前游,终于把浮桥拉到了对岸。

大部队高擎红旗冲过浮桥,向城楼发起攻击!但是,敌人的炮火密集而猛烈,护城河上硝烟弥漫,水柱林立,烈火腾腾!有的战士中弹落水,浮桥倾斜起来。翠姑一声令下,民兵们跳下水,顶了上去!翠姑和小花游到前面,接替永生旁边牺牲的战士扛住浮桥。永生回头看见了她俩,感到无比兴奋。他举起拳头,示意她们要坚持住。

城墙上的敌人拼命顽抗,但在我军强大的攻势压力下,死的死,伤的伤。眼看败局已定,气急败坏的丁叔恒戴上钢盔,提着卡宾枪亲自冲上城楼,他要和解放军决一死战。战斗激烈地继续着。突然,一颗子弹打在小花头上,她失去了知觉。翠姑一惊,连忙过去抱住她。又一个民兵上来扛起了浮桥。翠姑背着小花朝河岸游去。眼看她们离河岸越来越近了,然而就在这时,万恶的丁叔恒举起卡宾枪瞄准了她俩,枪口喷出一串火舌。子弹打中了翠姑,她身子晃了几下,双手抱着小花倒入水中,鲜血染红了河水,河面上溅起无数浪花。站在高处的徐文庭义愤填膺,他从后面瞄准丁叔恒,打死了这个死有余辜的坏蛋。

在翠姑失去知觉的最后一瞬,她看见了冲上城楼的战士们在尽情欢呼、跳跃,胜利的红旗在晨曦中迎风飘扬。

掩映在绿树林中的野战医院里,周医生、董政委和小花关切地守候在翠姑身旁。时间一分钟一分钟地过去，翠姑始终微微睁着双眼注视着前方，她心里默默地喊着："哥哥……哥哥……"

赵永生终于赶来了！看到翠姑那样的平静、安宁，永生的心缩紧了，他颤声呼唤："妹妹！"听到哥哥的呼唤，翠姑双眼忽然放射出了幸福、激动的光泽，她艰难地撑起身子，将无力的手伸向哥哥。永生握着翠姑的手，激动的感情难以抑制。他微笑着，眼泪却止不住扑簌簌地流了下来。永生疼爱地把翠姑的头轻轻放在枕头上。他们许久地互相注视着，沉浸在团聚的幸福里。渐渐地，翠姑的视线模糊了。她带着满足的、恬静的微笑，慢慢闭上了美丽的眼睛。

灿烂的阳光下，遍野的花朵吐露着芳香。万花丛中，赵永生把一支崭新的枪授给了妹妹赵小花。

影评选粹

多种叙述手法·黑白彩色交错

影片打破了传统的叙事方法和时空概念，不按情节的逻辑叙事，而是将赵永生兄妹三人的情感以及他们意识中的闪念和回忆相互交织、穿插，将现实、倒叙、回忆、幻觉交织在一起，虽然时空跳跃性很强，但影片给人的总体印象却是完整的。

影片还出现彩色和黑白画面的交叉，现实用彩色，回忆用黑白。例如，在小花找哥哥那场戏中，用彩色片拍摄小花在奔跑，突然又跳到黑白画面，表现小花在奔跑中回忆起往事，闪现兄妹二人当初生离死别的情景，从而烘托出她寻找哥哥的急切心情。

影片在配乐与声音方面力求以简易的方法来表达丰富的感情。比如用小提琴独奏、协奏来表现战争场面。用定音鼓打出翠姑负伤的结局，使音乐形象更为深沉，从而较为质朴地完成了影片反映一家人的命运，突出妹妹找哥哥的整个音乐形象的创造。

精彩回放

在翠姑将受伤的赵永生抬往医院过程中，出现了让人非常感动的一幕：

翠姑跪倒在地上，用膝盖当脚，跪着将赵永生一步一步抬了上去。最后膝盖磨出了血，头发让汗水湿成了发绺，但是她那张漂亮的鹅蛋脸，在阳光下依然展示着灿烂而迷人的笑容，如此的朴实而又倔强。

在这场戏中，为了突出大山的高和陡，导演采用主人公的视角，镜头从山脚一直升到了山顶，给观众呈现出上山的不易。镜头一步步展示了何翠姑咬紧牙关的坚毅的脸，磨破渗血的膝盖，鲜血染红的山崖石阶。这一个个特写镜头，再配上画外如泣如诉的"世上有朵英雄的花，那是鲜血染红了它"的歌声，营造出一种极富感染力的意境，进一步体现了以翠姑为代表的共产党员的朴实、坚毅、倔强、善良的高尚品格。